귀여운 컷들

귀여운 것들

기에천 장편소설

네오픽션

차
례

"얼마 전에 우리 동네에서 불났잖아. 그거 범인이 인형이라던데?"

겨울 눈발처럼 소문이 흩날린다. 자극적인 사건은 언제나 흥미롭다. 어차피 나와는 별개의 세상에서 벌어지는 일이라고 생각하면 더더욱 재밌어진다. 특히 매일 학교와 학원에만 갇혀 사는 대한민국 학생이라면 그런 것들에 더 관심을 가지기 마련이다. 그들에게 바깥세상이란 자유로움과 즐거움 그리고 신비함으로 가득 찬 세계일 테니.

"야, 말이 되는 소리를 해라. 너 모의고사 점수 때문에 벌써 정신 놓으면 안 돼. 다음에 잘하면 되는 거야. 우리 아직 개학도 안 했어. 수능까지 시간 충분하다고."

해괴한 이야기를 전해 들은 게 한두 번이 아니었는지, 남학생이 의젓하게 말하며 친구의 어깨를 쓰다듬어주었다.

"그런가."

편의점에서 계산을 마친 두 학생이 약속이라도 한 듯 유리문에 몸을 기댔다. 둘의 무게에 손쉽게 열린 문을 나가려는 순간이었다. 퍽, 누군가 둘의 등짝을 동시에 후려쳤다.

사람이라면 알 수 있다. 자신의 몸에 닿는 누군가의 손길이 가진 기분을. 그리고 그런 행위가 실수인지 고의인지를. 그게 바로 인간이 가진 능력이었다.

이상한 소문과 모의고사 점수로 그렇지 않아도 상심해 있던 학생들이 날카로운 눈으로 뒤돌아봤다. 그곳엔 추운 날씨와는 어울리지 않게 와인색 재킷 하나만 달랑 입은 여자아이 한 명이 서 있었다. 넥타이를 목에 꽉 맞게 맨 모습이 지루한 모범생 스타일이었다.

"너네 마이쮸 훔쳤지?"

시린 바람이 부는 1월, 스타킹조차 신지 않은 맨다리가 보는 사람까지 어깨를 움츠리게 했다. 그뿐만이 아니었다. 언뜻 보면 전형적인 학생인데 하나하나 뜯어보면 기묘하기 짝이 없었다. 단발인 머리카락은 누군가 마구잡이로 잘라낸 듯 끄트머리가 삐죽삐죽했고, 한때 검은색이었던 것으로 보이는 넥타이는 얼마나 오래되었는지 회색에 가까워져 있었다. 그리고 가

습팍에는 딱히 숨길 생각도 없어 보이는 명찰이 당당하게 노란빛을 발했다.

"너, 뭐라 그랬냐?"

'이희지'라고 적힌 명찰을 한 번, 괴상한 차림새를 한 번 훑어보며 남학생이 물었다.

"너희가 훔치는 거 내가 다 봤어. 발뺌하지 마."

순간 남학생의 머릿속에 이런 말이 떠올랐다. 똥은 무서워서 도망가는 게 아니라 더러워서 피하는 것이다. 이성적인 사고를 마친 남학생이 친구의 옷자락을 잡고 끌어당겼다.

"야, 가자. 미친년인 듯."

하지만 상대는 이희지였다. 이 일을 절대로 그냥 넘어가지 않겠다는 듯 눈에 불을 켠 이희지. 양손을 뻗어 두 남학생이 도망가지 못하게 옷과 가방을 잡았다. 힘이 넘치는 이희지 덕에 학생들이 다시 편의점 안으로 들어오는 데까지는 단 일 초도 걸리지 않았다.

"제자리에 돌려놔, 마이쮸."

아까부터 문 쪽을 지켜보던 아르바이트생이 일이 커질 것 같다고 생각했는지 카운터 자리를 박차고 나왔다. 특유의 귀찮아죽겠다는 표정을 한 채로.

"사장님, CCTV 돌려보세요. 얘네가 마이쮸 훔쳤어요."

이희지는 정의감에 불타는 얼굴로 아르바이트생을 향해 성토하듯 말했다. 그 모습은 이 세상에 스러져가는 단 하나의 올바름을 위해 투쟁하는 운동가처럼 보였다. 그녀의 말을 믿어주지 않으면 큰일 날 것 같은 표정 때문에 무서워 보이기까지했다. 하지만 아르바이트생은 이희지의 편을 들어줄 생각이없어 보였다. 그저 무심한 태도로 손길을 휘휘 내저으며 물었을 뿐이다.

"저기요, 거기 교복 입으신 분. 학생 맞아요?"

"그럼 학생이죠. 교복 입었잖아요."

아르바이트생의 미간이 일순간 찌그러졌다. 그는 곧바로 주머니에서 휴대폰을 꺼내 무언가를 찾아 뒤적이더니 이내 사진띄운 화면을 이희지의 얼굴 앞에 들이댔다.

"이미 이쪽 사장님들끼리 정보 다 공유하고 있어요. 이제 그만 좀 하세요."

휴대폰 화면 속 사진은 사람 같았지만 도무지 누구인지 알아챌 수 없게 희미했다. 사진 아래쪽에는 무언가 쓰여 있었는데, 읽어보니 장황한 궤변이었다. 그것을 확인한 이희지의 얼굴이 순식간에 붉어졌고, 앞에 있는 아르바이트생과 남학생둘을 째려보더니 곧바로 그들을 밀치고 편의점을 뛰쳐나갔다. 편의점 문에 달린 풍경에서 딸랑, 소리가 난 건 이희지가 저만큼 멀어진 후였다.

이희지는 때마침 초록불로 바뀐 신호등을 지나 횡단보도의 사람들을 양팔로 마구 젖혀내며 뛰는 데에만 집중했다. 주변에 사람이 단 한 명도 남지 않을 때까지, 이희지를 주시하는 건 단지 고요함뿐일 때까지 멈출 수 없었다.

한적한 주택가에 들어선 이희지가 그제야 무릎을 짚고는 가쁜 숨을 몰아쉬었다. 휴식도 잠시, 다시 걸음을 재촉했다. 안 그래도 작은 몸을 마치 콩벌레라도 된 것처럼 둥글게 말고서 종종거리며 걸어갔다. 그제야 맨다리가 시리고 간지러웠다. 겨울이라는 계절은 이희지에게 참 잔인했다.

편의점 아르바이트생이 보여준 사진 속 문구는 가히 충격적이었다.

'조심하세요. 교복을 입고 학생인 척하는 사람이 편의점 영업을 방해합니다.'

현상수배와 다를 바 없어 보이는 이희지의 사진과 함께 주의 사항이 떠돌고 있다니……. 아무래도 이희지의 옷차림 때문인 것 같았다.

이희지의 교복은 이제 아무도 입지 않았다. 이희지가 다니던 학교의 교복은 더욱 칙칙한 색을 담은 디자인으로 바뀐 지 오래였다. 하지만 없어진 교복을 입으면 안 되는 걸까. 학교에 다니지 않는다고 교복을 입지 말라는 법이 있나. 그 누구도 그러면 안 된다고 이희지에게 말해주지 않았다.

그렇다면 과연 이희지는 편의점에 해를 끼칠 정도로 악독한 행위를 한 걸까? 이희지는 좀 전에 보았던 사진과 문구를 절대 인정하지 않겠다는 듯 고개를 가로저었다.

걸음을 옮기던 이희지의 눈에 드디어 차갑고도 안전한 보금 자리가 보였다. 추위에 굳어버린 몸을 다시 한번 움직이며 달 려들듯 대문을 열어젖혔다. 성가신 소음을 내는 낡은 철 대문 때문에 조용히 드나드는 일은 불가능한 일이 된 지 오래였다.

연립주택 안으로 들어선 이희지. 문득 짜릿한 시선을 느끼 고는 뒤를 돌았다. 어쩐지 요즘따라 인기척이 등 뒤를 툭툭 건 드는 느낌이 가시지를 않았다.

'스토커? 아니면 살인마?'

안 그래도 흉흉한 소문이 고도3동을 잡아먹는 중이었다. 집 한 채를 집어삼켰다는 큰불, 저절로 움직이며 썩은 내를 풍긴 다는 낙엽 뭉치, 자식에게 제 목을 물리고 피를 빨렸다고 주장 하던 남자까지……. 원인 모를 괴상한 사건들이 계속해서 일 어나고 있었다. 이럴 때 조심해서 나쁠 건 없었다.

하지만 실체도 없는 누군가의 눈을 따돌리겠다고 갑자기 집 밖으로 나가 근처를 뱅글뱅글 돌 수도 없는 노릇이었다. 그리 고 무엇보다 날씨가 너무 추웠다.

이희지는 어쩔 수 없다고 생각하며 현관 한 뼘 앞에 바짝 다 가섰다. 빠른 손길로 주머니 깊숙한 곳에 넣어두었던 열쇠를 꺼내 잘그락거리며 문을 열었다. 차갑지도, 그렇다고 따끈하지도 않은 묵은 공기가 반기듯 달려들었다.

　이희지의 집은 지하가 아닌데도 볕이 잘 들지 않았다. 창문으로 내다볼 수 있는 풍경이라고는 말라비틀어진 등짝 같은 남의 집 담벼락뿐이었다. 집에 들어가자마자 이희지는 문을 잠그고 그 자리에 주저앉았다. 그리고 잠시 웅크린 채 눈을 감았다. 그런다고 해서 몸이 따듯해지는 건 아니었다. 하지만 어쩐지 보호받는 느낌이 든달까. 한두 번 하다 보니 그 이후로는 습관이 되어버렸다.

　"저녁 먹어야지."

　신발을 벗어 던져두고 엉금엉금 기다시피 하면서 들어온 집은 괴괴하기 짝이 없었다. 방 하나가 딸린 작은 집. 이희지는 아무 데나 앉아 주머니에 들어 있던 구겨진 삼각김밥을 꺼냈다. 껍질을 까 입에 넣은 전주비빔 삼각김밥은 짜디짰다.

　"참치마요를 집을 걸 그랬나."

　물건을 훔치는 건 나쁜 일이다. 하지만 이희지는 훔치지 않았다. 잠시 빌렸을 뿐. 게다가 숱한 삼각김밥 중 유통기한이 가장 짧게 남은 것을 고르기까지 했다. 지금 이희지는 죽은 사람처럼 소비해야 살아남을 수 있었다. 수중에 남은 돈은 삼십만 원 정도였다. 요즘 삼각김밥은 대충 하나에 천칠백 원 정도니까 하루에 세 개씩만 먹는다고 해도 한 달 반밖에 버틸 수 없는 금액이었다.

"먹을 때는 개도 안 건드린다고 했어."

이희지는 머릿속에 떠오른 생각을 저 자신에게 충고하듯 속삭였다. 잠깐의 식사 시간만이라도 밥에 집중하고 싶었다.

그런 이희지의 모습을 누군가 창문 밖에서 지켜보고 있었다. 사람이 아닌 것, 조금 지저분하지만 말랑하고 귀여운 것. 집을 한층 더 감옥 같아 보이게 해주는 방범창 쇠창살에 토끼 인형 하나가 매달려 있었다.

"복수하겠어, 이희지."

그건 '깔랑'이었다. 뽀송뽀송했던 하늘색 털에는 뭐가 묻었는지 엉망진창이었다. 배에는 시침핀이 다닥다닥 꽂혀 있어 고슴도치처럼 보였다. 더럽고 남루한 그것은 이희지에 대해 알고 있었다. 아주, 매우, 속속들이, 잘.

"후회하게 해주겠어!"

도살자 깔랑

내 이름은 깔랑, 별명은 도살자. 아니, 뭐가 그렇게 계속 궁금한 건데? 정말 성가셔. 자, 이번이 마지막이야. 제발 집중을 하라고.

방금 이야기했듯이 내 이름은 깔랑이야. 긴 귀가 달랑거린 다고 해서 첫 번째 주인이 붙여줬지. 달랑달랑, 깔랑깔랑. 어린 애들 발음이 다 그렇지, 뭐.

파랗게 염색되었어도 부드러움을 잃지 않은 양털이 촘촘하게 들어차 말랑한 몸뚱이, 쫑긋하게 솟아오른 두 귀, 단단하고 맑은 두 개의 검정 플라스틱 눈알과 분홍빛이 도는 동그란 코.

그래, 그렇게 아름다웠던 때도 있었지. 나 깔랑은 백화점에 고고하게 진열되어 있다가 향긋한 상자에 포장되어 선물되던 존재니까. 모든 아이가 나를 갖고 싶다고 떼를 쓰며 눈물 콧물을 뽑아냈다고.

그런데 인형이라는 건 말이야, 제 생각과 의지를 가지고 움직이는 순간부터 쓸모가 없어지는 거더라고. 누가 당기면 당겨지고 밀면 밀쳐져야 하는 게 인형의 존재 이유라는 걸 미처 몰랐지 뭐야.

걸을 수 있기에 발을 뻗었어. 말하고 싶어서 소리 질렀고, 생각할 수 있기에 고민했어. 그 순간부터 시작된 거야. 이토록 작고 귀여운 나를 향한 세상의 잔혹한 박해가. 그래서 난 결심했어. 나를 비롯한 수많은 인형의 자유를 위해서 싸우겠다고. 기꺼이 도살자가 되겠노라고.

내 이름과 별명의 역사를 이제는 잘 기억할 수 있겠지? 다음에 우연히라도 마주쳤을 때 다시 물어보는 일은 없도록 해. 도살자 깔랑의 무서움을 실감하고 싶지 않다면 말이야.

이제 집중하는 게 좋을걸? 내 이야기가 시작될 테니까.

♥

깔랑의 첫 번째 주인은 희지였다.

이희지. 보통의 사랑받는 아기들처럼 이희지에게도 달콤하고 향긋한 유아용 보디로션 향이 났다. 이희지의 한 손에는 언제나 깔랑의 머리통이라든지 귀가 꽉 붙들려 있었는데, 아무래도 그게 제 신체의 일부라고 생각하는 듯했다.

이희지가 매일 목욕을 하는 것처럼 깔랑도 거의 매일 세탁기에 들어가야 했다. 입에서 흘러나온 미역국이라든지 사과당근주스가 깔랑의 몸을 축축하게 적셔버렸기 때문이다.

대단히 평범해서 도대체 언제쯤인지 특정도 할 수 없는 어느 날이었다. 이희지의 사랑을 독식한 탓에 깔랑의 몸은 점점 옆으로 퍼져갔다. 세탁기는 호떡보다 더 납작해진 토끼 인형을 한입에 삼키고는 뱅글뱅글 돌기 시작했다. 세제 거품 때문에 자고 있던 이희지도, 그런 이희지를 담은 바깥세상도 잘 보이지 않았다. 하지만 상관없었다. 잠깐 떨어져 있다고 해도 깔랑은 이희지의 목소리와 얼굴 그리고 옅은 숨결을 기억하니까.

깔랑은 이희지가 읽어주던 인어공주 이야기를 떠올렸다. 물거품이 되어버린 인어공주를. 세탁기가 이렇게 신나게 돌아가고 있는데도 거품으로 변해 사라지지 않는다니, 이 얼마나 다행인가 싶었다. 이희지가 깔랑을 만질 수도 없고 꼬집을 수도 없으며 이야기책을 읽어줄 수도 없는 세계. 그건 깔랑이 상상할 수 있는 최악이었다.

하지만 사건 사고는 가장 안온할 때를 노린다. 낮잠을 자던 이희지가 갑자기 깨어나 다양한 색깔의 세탁물과 함께 이리저리 휩쓸리는 깔랑의 세탁 장면을 목격해버린 것이다! 힘이 하나도 없어서 두 귀가 프로펠러처럼 돌아가고 팔은 이쪽으로 꺾이고 다리는 저쪽으로 접힌 모습은 이희지에게 대단히 충격적이었다. 덕분에 그 후로 깔랑을 빨래하는 일은 절대 이희지에게 들켜서는 안 되는 비밀스러운 의식으로 자리 잡았다.

깔랑은 그런 존재였고, 이희지와 깔랑은 그런 사이였다. 그들에게 같이 갈 수 없는 장소 따위는 없었고, 함께할 수 없는 일 따위도 있을 리 없었다.

하지만 그 모든 것들은 이희지가 어렸을 때의 이야기일 뿐이다. 산타와 루돌프의 고용관계와 근로시간에 대해서 새삼스레 궁금해질 무렵이었을까. 둘의 사이는 식은 밥 덩어리처럼 찰기와 온기를 찾아볼 수 없는 상태가 되어버렸다.

언제나 깔랑을 손에서 놓을 줄 모르던 이희지, 밥을 먹을 때면 당연히 옆자리를 내주던 이희지, 자리가 여의치 않다면 깔랑에게 의자를 양보하고 기어코 제가 일어서서 밥 먹기를 고집하던 이희지는 사라졌다. 하지만 이희지를 향한 깔랑의 마음은 변할 줄을 몰랐다.

이희지의 세계가 넓어지고 다양해지는 동안, 깔랑의 마음속 정중앙에는 언제나 이희지가 서 있었다. 계절을 모르던 인간이 어느새 초여름을 사랑하게 되고 그때 먹는 다디단 아이스크림을 좋아하게 되어도, 인형은 사람이 정해준 자리에서 지나가는 봄, 여름, 가을과 겨울을 그저 바라볼 뿐이었다.

이희지에게는 많은 인형이 생겼다. 아빠가 술 마시고 인형 뽑기 기계에서 뽑아 온 못생긴 돼지 인형, 일주일 사귄 남자 친구가 선물한 거대 오리 인형 등등. 그따위 것들이 쌓여갈수록 깔랑과 이희지의 거리는 멀어졌다. 물론 이 모든 일에 깔랑의 의지는 단 한 조각도 반영될 수 없었다.

'나를 잊었어? 내가 보이지 않아? 어떻게 나한테 이럴 수가 있어? 우리는 정말 좋은 친구였잖아. 나밖에 없다고 그랬잖아!'

하지만 깔랑은 인형일 뿐이었다. 움직이지 못하고 말도 못 하는 인형. 짧은 시간 동안 사람에게 사랑받다가 쓰레기봉투 안에 버려진 후에 매립지에 묻힐 운명을 가진 인형 말이다.

하늘은 진실로 소망하는 인형을 돕는다고 했던가. 깔랑에게 단 한 번의 기회가 찾아왔다. 어떻게 대처하느냐에 따라 불운을 맞이할 수도, 행운을 손에 쥐게 될 수도 있었다.

달이 너무 크고 밝아 가로등도 필요가 없던 어느 늦은 밤, 깔랑의 다리에 힘이 생겼다. 바깥에서 창을 통해 아스라이 스며들어 도둑놈처럼 방 안을 이리저리 탐색하던 빛 덕분이었을까. 깔랑은 파랗고도 어두운 빛에 둘러싸인 채 번쩍 일어섰다. 그러고는 기세 좋게 앞을 가리던 인형들을 다 치워버리려는 순간 주저앉고 말았다. 누군가의 힘에 의해서가 아닌 스스로 움직인 것은 처음이었기 때문이다.

백 번 정도 시도해본 끝에 자연스럽게 움직일 수 있게 되자 깔랑의 마음속에 자신감이 고개를 들었다. 그리고 엉거주춤하지만 당당하게 제자리에 서는 데 성공했다. 그때부터 깔랑은 제 앞을 막는 무엇이든 다 젖히고 던져버렸다. 못생긴 인형들, 이희지가 읽지도 않는 책 그리고 앨범들까지.

선반 맨 밑층의 구석 자리. 깔랑에게는 유배지 같았던 곳에서 발을 빼낸 후 방바닥으로 폴짝 내려앉았다. 하지만 걷는 행위는 지극히 어려운지라 장판에 발바닥이 닿을 때면 자꾸만 미끄러지고 말았다. 참으로 엉성하기 짝이 없는 걸음걸이였다.

깔랑은 자꾸 뒤를 돌아봤다. 혹시 밀쳐버린 인형 중 어떤 것이 비웃고 있을까 봐 걱정된 탓이었다. 그래도 앞으로 나아가기를 포기하지는 않았다. 몇 걸음 앞에 희지가 있었으니까.

이희지는 언제나 그랬듯 바닥에 요를 깔고 잔뜩 웅크린 채 잠들어 있었다. 깔랑은 여전히 부드럽지만 예전보다 많이 낡고 납작해진 손을 들어 희지의 관자놀이에 올렸다. 어떤 의도가 있어서 그런 건 아니었다. 단지 너무나 오랜만에 가까이에서 보게 된 얼굴을 쓰다듬고 싶었을 뿐이다. 하지만 몸을 움직이는 게 여전히 자연스럽지 못한 탓에 볼이 아닌 위치에 뭉툭한 손끝을 얹어버렸을 뿐.

그때, 희지의 동그란 두 눈이 깜빡거렸다. 한 번, 두 번. 그리고 희지의 작은 입도 벌어지기 시작했다.

"뭐, 뭐야?"

'뭐긴, 깔랑이지.'

깔랑은 그렇게 대답해주고 싶었다.

♥

지고지순한 사랑은 편협한 미래만을 그려낸다. 잊고 지냈던 인형을 다시 발견해내고 어린 날의 순순함을 일깨운 이희지. 그런 희지의 품에서 행복한 인형으로 살아가게 될 깔랑. 하지만 이희지의 헌신은 깨어날 수 없는 악몽이 된 지 오래였다.

깔랑의 주인은 제 인형과 대치한 상태로 오랜 시간을 버텼다. 심해처럼 깊고 어두운 밤을 지나 푸르뎅뎅한 새벽이 될 즈음이었을까. 이희지가 벌떡 일어나 토끼 인형의 두 귀를 잡았다. 순간 깔랑은 두려웠다. 힘이 들어간 희지의 손이 자신을 집어 던지는 모습이 그려졌기 때문이다.

하지만 그것조차 괜찮았다. 단 하나뿐인 인간 주인과 눈 한 번 맞춰보겠다고 몇 번을 쓰러지든 말든 다시 일어서서 걸었던 게 바로 깔랑이었으니까. 따스한 눈빛은 아니었지만 희지는 깔랑을 봤다. 아직 깔랑이 제 곁에 있다는 사실까지 알아주었다. 하지만 과연 이희지의 계획이 불법 투기라는 사실을 알았어도 깔랑은 아무렇지 않았을까?

바깥으로 나가 마주한 새벽의 찬기는 낮의 그것과는 차원이 다르게 매섭고 음산했다. 무언가 불쑥 튀어나와서는 아가리를 벌릴 것만 같았다. 온몸을 쪼그리고 있던 이희지는 이리저리 두리번거리다가 큰길로 나가는 골목 초입에 서 있던 누군가의 그림자에 흠칫 놀랐지만 다시금 평정심을 되찾았다. 어쨌든 깔랑을 버리는 일이 최우선이었으니까.

최대한 멀리 나갈 작정이었다. 이미 눈앞에서 인형이 엉금엉금 걷는 꼴을 본 이희지였다. 적어도 신호등 하나는 건너야만 했다. 하지만 36.5도의 온도를 가진 몸은 영하의 날씨에 속절없이 무너져 내렸다. 얇은 교복은 여린 바람조차 막아주지 못하는 거적때기나 다름없었다.

뜨거운 몸에서 빠져나온 열기가 공기 중에 흰 김을 만들어 냈다. 뭉쳐 있던 뿌연 김이 흩어지자마자 깨끗해진 시야에 검은 여자의 모습이 드러났다.

"얘."

새카만 코트, 새카만 옷과 구두 그리고 허리까지 오는 새카만 머리칼. 겨울인데도 선글라스를 쓰고 있는 것이 마냥 우습지만은 않아 보였다. 여자의 피부는 추위에 질려버린 겨울의 눈보다 희고, 입술은 갓 태어난 아기의 손끝처럼 분홍빛이었다. 아름다움을 넘어서 징그러울 정도로 생기가 넘쳐흘렀다. 마치 누군가의 남은 삶을 빼앗아 통째로 삼켜버린 것처럼.

"그거 버릴 거면 나 주겠니?"

아무런 고민도 없이 이희지의 손이 깔랑을 검은 여자에게 넘겨버렸다. 인형을 넘겨받은 여자는 고맙다는 말 한마디 없이 홍, 하며 돌아섰다. 누가 보면 검은 여자가 원래 자신의 물건을 되찾은 사람인 줄 알았을 것이다.

"이희지!"

그때, 깔랑이 소리쳤다. 고여 있던 감정들이 썩지도 못하고 저들끼리 뭉치고 얽혀서 절규가 되어버린 모양이었다. 깔랑의 첫 외침은 설득력 있었다. 하지만 이희지의 어깨를 순간 움찔히게 만드는 것 이상의 효과를 만들어내지는 못했다.

이희지에게 바깥세상이란 피로 그 자체였다. 언제 어디에서 커다란 가시가 튀어나와 몸을 관통해버릴지 모르는 일이었다. 그러니 이희지는 자신을 지켜야 했다. 당장 방으로 들어가 체온으로 덥혀놓았던 이불 속으로 파고들어야 했다. 아직 여리디여린 살로 이루어진 통통하고 촉촉한 애벌레인 것처럼. 이희지는 그렇게 자신을 다뤄야 했다.

달랑달랑. 눈 뜨고 코 베이듯 납치를 당한 깔랑의 검은 눈알에 새로운 광경들이 비쳤다. 처음 와본 골목, 처음 마주한 담벼락. 이희지의 품속이 아닌 깔랑의 미래는 그려본 적도 없었다. 하지만 그런 소망이 이루어지지 않았을 때보다 끔찍한 것이 있다면 바로 홀로 되는 것이었다.

버림받은 인형. 그만큼 비참한 존재가 이 세상에 존재할 리 없었다. 평생을 이희지만 바라보며 버텨왔던 깔랑에게 주인 없는 삶이란 용이나 유니콘과 같은 것들이었다. 이름은 있으나 그 누구에게도 발견되지 않은 존재들. 그러니 깔랑은 검은 여자에게 고마워해야 했다. 물론 머리로 이해하는 것과 다르게 마음은 계속해서 한숨을 쉬고 있었지만.

'비참하군.'

어느 순간, 깔랑의 배를 쑤시듯 파고들던 검은 인조 손톱에서 힘이 빠졌다. 동시에 구두 굽으로 바닥을 파내듯 걷던 여자도 멈춰 섰다.

"들어가야 해."

축 늘어져 있던 깔랑은 제게 한 말인 줄 알고 힘겹게 고개를 들어 여자의 얼굴을 올려다보았다. 하지만 여자는 앞만 볼 뿐이었다.

검은 구두 끝이 살짝 열려 있는 대문을 밀어내자 대문과 현관 사이의 공간이 드러났다. 얼핏 보면 이런저런 쓰레기가 쌓여 있는 것 같았다. 하지만 자세히 들여다본 깔랑은 놀라지 않을 수 없었다. 그것들은 인형의 팔, 인형의 귀, 인형의 눈알, 인형의 등짝, 인형의 꼬리였다. 온전한 모양을 한 인형은 단 하나도 없었다. 전부 조각이었다.

♥

깔랑이 움직일 수 있게 된 지는 이십사 시간도 채 지나지 않았다. 그러므로 위기 상황에 대처할 수 있는 순발력 따위의 능력이 있을 리 만무했다.

여자가 깔랑을 들고 대문을 지나 현관 앞에 서서 열쇠를 꺼낼 때, 깔랑은 혼란스러웠다. 검은 여자가 바깥에서만 열 수 있는 문을 열었을 때, 깔랑은 무서웠다. 문을 열고 집 안으로 들어가서야 깔랑은 이미 늦었음을 깨달았다.

"엄마!"

멀리서부터 달려오며 속도를 쌓아온 듯한 무언가와의 강한 충돌. 순간 검은 여자가 뒤로 넘어질 뻔했지만 간신히 중심을 잡고 우뚝 섰다. 덕분에 깔랑의 시야는 완전히 차단되었으나 느낄 수는 있었다. 여자의 손톱에 힘이 들어가고 손은 부들부들 떨리기 시작했음을.

'기쁘다? 슬프다? 사랑한다? 좋다? 싫다? 비참하다?'

깔랑은 제가 수집해온 모든 감정의 이름을 꺼냈다. 도대체 이 떨림의 의미를 알 수 없었기 때문이다. 곧 여자의 손이 깔랑을 자유롭게 해주었다. 방바닥에 착, 소리를 내면서 떨궈진 깔랑은 엎어진 채 고개만 살짝 들었다.

현관에 서 있는 검은 여자는 품에 어린아이를 안고 있었다.

조금 희한하다고 생각되는 것은 바로 아이의 머리칼이었다. 전혀 찰랑이지 않는 것이, 씻지 않아서 떡진 것이라기보다는 애초에 한 덩어리였던 것으로 보였기 때문이다. 게다가 머리카락은 물론 옷자락 하나 없는 알몸도 회색이 살짝 섞인 흰색일 뿐, 그 외의 색깔은 찾아볼 수 없었다. 그러니까 저게 인간인가, 하는 물음이 들게 만드는 외양이었다.

"엄마라고 하지 말랬지."

고개를 푹 숙인 탓에 여자의 얼굴이 전혀 보이지 않았어도 깔랑은 알 수 있었다. 여자의 속에서부터 들불 옮겨가듯이 무섭게 끓어오르는 감정, 그건 분노라는 사실을.

"엄마라고."

여자의 한 손은 현관문 옆에 비스듬히 서 있던 돌망치 손잡이에 가 닿았다. 또 다른 손은 찰거머리같이 붙어 있던 흰색 아이를 강하게 밀쳤다.

"하지……."

돌망치의 머리가 천장에 닿도록 올라갔다가 공중에 곡선을 그리며 넘어진 아이에게로 떨어졌다. 퍽. 수분기 하나 없는 덩어리가 깨지는 소리가 나며 흰색의 몸이 크게 삼등분으로 조각났다. 그렇게 부서진 것들은 방바닥 위에 미끄러지듯 흩어졌다.

"말랬지!"

돌망치는 또 한 번 바이킹이 된 것처럼 천장을 향했다 바닥으로 내리꽂혔다. 살이라면 찢어지고 피가 흘렀어야 할 것이다. 하지만 돌망치가 닿은 모든 곳에는 말랑한 살도, 붉고 끈적한 피도 없었다. 단지 부스러기가 된 흰 가루만이 난잡하게 방바닥에 흩뿌려졌을 뿐.

여자는 멈추지 않았다. 방바닥이 흰 모래사장처럼 보일 때까지. 어느 시점에 힘이 다 빠진 여자는 바닥에 주저앉았다.

표정을 살피는 일은 꽤 흥미로웠다. 끓는 물에 면을 넣어두었다가 잊어버린 탓에 다 불어터진 라면을 먹어야 했을 때의 이희시의 일굴과 여자의 얼굴이 비슷하게 보였다. 전혀 다른 상황이었음에도 불구하고.

"짜증 나."

검은 여자는 주저앉은 채 손가락 끝으로 제 볼과 광대 그리고 코를 살짝 눌렀다. 이희지를 만나 깔랑을 넘겨받았을 때와는 묘하게 다른 얼굴이었다. 뭐랄까, 마치 지독하게 생생했던 얼굴에 불투명하고 얇은 종이가 한 겹 깔린 듯했다.

"뭘 봐."

도대체 누구에게 하는 말인지는 모르겠으나, 깔랑은 왠지제게 던지는 빈정거림으로 느꼈다. 그렇다고 해서 나를 이렇게 둔 것은 당신이고, 나는 눈을 감을 수 없는 인형이라고 대꾸하지는 않았다. 방금 검은 여자가 단단하고 비교적 커다란 인형 하나를 깨부수는 장면을 눈앞에서 보았기 때문이다.

여자는 한숨을 내뱉고는 싱크대 쪽으로 엉금엉금 기어갔다. 하지만 여자의 목표 지점에 있는 것은 도대체 싱크대라고 정의할 수 없을 만큼 처참한 모양을 하고 있었다. 보통 물을 계속 써야 하는 주방 가구는 스테인리스로 이곳저곳을 덮어 마감해 두기 마련이다. 하지만 그 집의 싱크대는 반짝이거나 거울 역할을 할 만한 부분이 단 한 군데도 없었다. 감히 검은 여자의 얼굴을 비출 수 없도록 일찌감치 다 뜯어버린 까닭이었다.

바가지에 물을 담기 위해 일련의 과정을 거치는 여자의 굼뜬 몸짓은, 골목을 종횡무진하던 거센 걸음과는 아주 딴판이었다. 앉아 있던 자리로 다시 걸어갈 때는 마치 관절이 다 녹아버린 연체동물의 모습 같기도 했다.

검은 여자는 바가지를 옆에 두고 젖은 손으로 바닥을 쓸며 지점토 가루를 다시 뭉쳤다.

"네가 이렇게 부서지면 내가 이렇게 된다니까. 그러니까 다시는 엄마라고 하지 마. 내가 원래 화를 잘 못 참는 걸 알면서도 그러니. 그리고 너 같은 걸 내가 낳았을 리 없잖아. 말도 안 되는 소리를 왜 자꾸만 하는 거야?"

검은 여자는 중얼거리며 모서리까지 밀려났던 깜빡이는 눈 알 덩어리를 주워 왔다. 동그랗고 뭉툭한 손끝도 끌어당겨 몸뚱이에 붙였다. 시간이 지날수록 깔랑이 처음 본 모습과 비슷해졌다. 물론 이전보다는 훨씬 못난 모습으로 변해가고 있기는 했지만.

♥

지점토 인형을 흠씬 두들겨 팬 후 다시 붙여놓는 수고를 마치고서, 검은 여자는 사라졌다. 이제 깔랑은 코가 눈 옆에 붙어 있고 한쪽 귀는 목에 붙어 있지만 어쨌든 팔과 다리가 전부 두 개씩 남은 인형과 있게 되었다.

이 괴상하기 짝이 없는 지점토 인형은 제 형체를 되찾게 된 후부터 깔랑을 두 손으로 받치고 들여다보기만 했다. 마치 깔랑의 어느 부분에 얼룩이라도 있다는 듯이. 계속 바라보면 자연스럽게 오염이 사라진다는 규칙이라도 있는 것처럼.

"음, 좋아. 깔랑!"

깔랑은 화들짝 놀라 기다란 귀를 팔랑거렸다.

"그거 내 이름인데! 어떻게 알았어?"

깔랑의 이름을 지어준 것은 희지였다. 하지만 누군가에게 아무런 미련 없이 깔랑을 넘겨버린 것도 희지였다. 처절한 깔랑의 외침을 무시해버린 것도 희지였다.

하지만 그 후에 만난 주인은 말하지 않아도, 소리쳐 부르지 않아도 이름을 알아내고 불러준다니. 이 얼마나 대단한 행운

인가.

"다 방법이 있지."

그것의 왼쪽 볼로 치우친 입술이 미소 짓는 듯 가늘게 찢어졌다.

"이제 나랑 놀자, 깔랑. 나 정말 심심해."

깔랑은 마음속에서 우러나오는 진심을 다해 작은 얼굴을 끄덕였다. 맞아 부서지는 지점토 인형을 본 이후로는, 약간의 동정심과 호기심이 샘솟고 있을 찰나기도 했다.

"뭐 하고 놀까?"

지점토 인형은 대답 대신, 즐거운 듯 계속해서 얄팍하게 늘어난 입술만을 보여줄 뿐이었다.

"뭔데?"

깔랑은 자신의 물음과 동시에 어딘가 한쪽이 휑하게 시려오는 것을 느꼈다.

"어?"

추하고 희기만 한 지점토 인형의 입술은 여전히 양옆으로 쭉 늘어나고 쫙 찢어진 채였다. 기쁘다는 의미. 깔랑은 그렇게 해석했다.

"깔랑, 나는 힘센 친구가 좋아."

깔랑은 손가락 없이 뭉툭한 손을 들어 머리 위로 가져다 댔다. 귀엽게 달랑거렸던 귀가 반쯤 뜯어져 덜렁거렸다. 생각할 시간이 필요했다. 도대체 이게 진짜 '놀이'가 맞는지, 자신이 도대체 어떤 함정에 빠진 것인지, 그렇다면 빠져나갈 구멍은 있는지에 대해서 말이다.

"깔랑, 이제 네 차례야. 왠지 너는 힘이 셀 것 같아. 정말 기대된다."

깔랑, 부드럽고 통통한 것이 장점이다. 만졌을 때 딱딱한 부분 하나 없이 모든 곳이 곡선이기에 아름답다고 여겨졌다. 그러니 깔랑에게는 감히 '힘' 같은 게 있을 리 없었다. 그래봤자 겨우 걸을 수 있을 뿐이었다.

다행히 깔랑의 운동신경은 형편없었지만 눈썰미는 꽤 괜찮은 편이었다. 아까 검은 여자가 붙여둔 여러 이목구비 중에서 지점토 인형의 귀는 특히 엉성했다. 옆얼굴의 곡선 부위에 붙어 있는데 어찌나 아슬아슬해 보이는지. 심지어 물로 녹인 지점토가 아직 채 굳지도 않았다.

깔랑은 두 다리에 힘을 주고 일어서는 데 힘겹게 성공했다. 매끈한 방바닥에서 우뚝 서는 건 가능했지만 울퉁불퉁한 표면 위에서 하려니 쉬운 일이 아니었다. 그러자 지점토 인형이 비겁하게 깔랑이 서 있는 제 두 손바닥을 살짝 흔들었다.

깔랑은 종종 이희지가 내뱉었던 의미를 알 수 없는 말들의 사용법을 알아냈다. 바로 이럴 때 몸 바깥으로 소리치라고 존재하는 것이었다. 일이 내 맘대로 되지 않고, 도무지 미래 같은 건 보이지 않으며, 누군가 계속해서 나를 절벽까지 밀어내는 기분이 들 때 말이다.

깔랑은 결심했다. 이목구비가 혼잡하게 배치된 지점토 인형에게 본때를 보여주겠다고. 물론 성공해봤자 귀 하나 떼는 게 전부겠지만. 이에는 이, 눈에는 눈. 아마 지점토 인형은 최소한 모욕감 정도는 느낄 게 분명했다.

깔랑은 무릎을 살짝 굽히고 최선을 다해 뛰어올랐다! 단 일 초도 되지 않는 시간. 깔랑은 동글동글하게 만들어진 지점토 인형의 귓불을 양손으로 잡고 매달리는 데 성공했다. 최선을 다해 다리를 버둥거리며 몸에 힘을 실었다. 아직 제대로 마르지 않은 귀와 얼굴의 접합 부위 사이에서 끈적이는 소리가 났다. 그러더니 불쾌하게 쩍 벌어지는 경쾌한 신음과 함께 깔랑과 지점토 인형의 귀가 바닥으로 추락했다.

폭신함이 강점인 깔랑은 부서지지 않는다. 대신 방바닥에 닿아 살짝 찌그러진 다음 금세 원상 복구될 뿐이었다.

♥

"깔랑! 이제 넌 나의 진짜 친구야. 특별 대우를 해줄게."
깔랑은 지점토 인형의 선언이 반갑지 않았다. 게다가 지점토 인형은 깔랑과 놀이를 한 적이 없었다. 적어도 깔랑에게는 지점토 인형의 행위가 폭력과 공포로 느껴졌으니까.

이희지와 하던 것들, 깔랑에게 맞지도 않는 옷을 입혀준다거나 먹지도 못하는 쌀밥을 입에 넣어주는 일. 그런 게 놀이였다. 친구와의 관계는 힘겨루기 하면서 쌓아갈 수 있는 것이 아니다. 물론 깔랑이 지점토 인형을 마주 보고 앉아 어디에서부터 무엇이 잘못됐는지 차근차근 알려줄 수도 있을 것이다. 하지만 뜯어질 듯 말 듯 아슬하게 달린 깔랑의 한쪽 귀가 시야를 가릴 때마다, 도무지 지점토 인형이 예쁘게 보이지를 않았다. 심지어 같은 공간에 있다는 단순한 사실에도 치가 떨렸다.

"보여줄 게 있어. 니도 좋아할 기야."

깔랑에게 더 이상 말대꾸하거나 도망칠 힘이 남아 있을 리 없었다. 지점토 인형은 축 늘어진 토끼 인형을 두 손바닥 위에 두고는 종종 걸어서 집에 딱 하나 있는 방문 앞에 섰다.

"눈을 감아봐."

지점토 인형의 목소리가 상기되었든 말든 깔랑이 알 바가 아니었다. 두 손을 자유롭게 쓸 수 없어 팔꿈치로 문을 열거나 말거나, 그 또한 신경 쓰고 싶지 않았다.

여러 번의 실패 끝에 문이 열렸다. 워낙 어두워서일까. 방 안이 제대로 보이지 않았다. 하나 있는 작은 창문조차 천으로 막아두어 아스라한 빛만을 허락하고 있었다. 깔랑을 모시고 있느라 움직임이 자연스럽지 못한 지점토 인형이 팔꿈치로 간신히 스위치를 눌러 형광등을 켰다.

"짜잔!"

불안한 듯 자꾸만 지직거리는 불빛이 방 안을 훤히 비춤과 동시에 깔랑은 기함할 수밖에 없었다. 방의 벽, 그러니까 문이 있는 부분을 제외한 삼면에 쪼개지고 갈라지고 찢긴 인형들이 박제된 듯 붙어 있었다. 어디 그뿐인가. 배가 터져서 솜이 삐져 나온 것, 이미 토막 났으나 비닐봉지에 대강 담겨서 벽에 매달린 것, 딱딱한 플라스틱 표면을 이리저리 그을린 듯 까만 구멍이 난 것들까지…….

이 모든 공포스러운 작품을 탄생시킨 듯 보이는 작업 책상도 방 한가운데 당당히 자리 잡고 깔랑을 맞이했다. 책상 위에는 공구들이 나란히 펼쳐져 있었는데, 흔히 볼 수 있는 문구용 가위부터 사무용품까지 그 종류도 다양했다. 개중에서 쓰임을 예측할 수 없는 것은 단둘뿐이었다. 정중앙에 검은 테이프로 사지가 단단하게 고정되어 있는 초록 인형과 가장자리에 있는 인형용 의자.

"아, 무서워."

초록 인형은 꺼질 듯한 소리를 내뱉더니 납작하게 가라앉아 버렸다. 실로 꼼꼼하게 꿰매놓은 검은 두 눈이 미묘하게 흐릿해진 게 보였다. 기절한 게 분명했다.

"여기 앉아."

깔랑은 깨달았다. 용도를 알 수 없던 작은 의자는 자신을 위한 것이었음을. 하지만 지점토 인형은 깔랑을 단순히 의자에 앉힌 것만으로는 마음에 차지 않는지 바닥에 굴러다니던 붉은 노끈으로 몸통을 꽁꽁 묶어버렸다. 깔랑은 마치 의자와 한 몸이 된 꼴이었다.

"이제 구경하면 돼, 편안한 마음으로."

인형은 정신을 잃었어도 그것의 반짝이는 초록 털은 생기가 넘쳤다. 이렇게 보니 수세미 같아 보이기도 하고, 저렇게 보니 풀숲에서 태어난 괴물 같아 보이기도 했다. 지점토 인형의 딱딱하고 온기 없는 흰 손이 초록 인형의 배 위에 살포시 내려앉자 색깔의 대비는 처참하리만큼 선명해졌다.

지점토 인형의 다른 손은 다양한 것들의 예리한 끄트머리에 닿았다가 떨어졌다. 어떤 도구를 사용할지 신중하게 생각하는 모습이었다. 마침내 지점토 인형의 시선을 멈추게 한 것은 송곳이었다. 얼음을 뚫을 때 사용하는 아주 뾰족하고 단단한 얼음송곳.

검은 여자가 지점토 인형에게 그랬던 것처럼, 지점토 인형도 초록 인형에게 대단한 애정을 선사하기 시작했다. 송곳이 내리꽂혔다가 다시 공중으로 들어 올려질 때마다 눈 내리는 것처럼 솜덩어리가 날렸다. 그것은 이내 바닥에 가라앉아 소복한 솜 산을 만들었다.

지점토 인형은 그조차도 성에 차지 않는지 잘 들지도 않는 칼을 꺼내 초록 인형을 토막 냈다. 어떤 이유로 송곳을 바닥에 버리고 무딘 날을 가진 커터 칼을 꺼냈는지는 알 수 없었다. 너무나 희고 단단한 지점토 인형은 자신의 손에 들린 것이 더 이상 인형으로 보이지 않을 때까지, 인형들이 무엇으로 구성되었는지를 속속들이 알 수 있을 때까지 행위를 멈추지 않았다.

그리고 이 모든 것들을 깔랑은 가만히 앉아서 지켜보아야 했다. 너무나 창피하지만, 깔랑은 안도하고 있었다. 해체되고 파괴되는 인형이 자신이 아니라는 사실에.

다행히도 깔랑은 증명했다. 마냥 약하지만은 않다는 정보를 지점토 인형에게 심어주었다. 깔랑은 아직 그토록 처참하게 훼손되지 않았고 아마 당분간 그렇게 될 일은 없을 예정이다. 하지만 그딴 게 다 무슨 소용인가 싶을 정도로 기분이 더러워졌다. 최악의 상태에서 느끼는 기분을 깔랑은 절대 잊지 않으리라 다짐했다. 동시에 이희지를 원망했다. 아무리 깔랑이 인형이 해서는 안 될 행동을 했다 하더라도, 어떻게 일면식도 없는 사람에게 자신을 넘길 수 있었단 말인가. 깔랑은 확신했다. 이희지는 일이 이렇게 될 줄 알았을 거라고. 이런 깔랑의 결말을 예상했을 거라고. 이희지는 바깥세상을 아는 인간이었다. 사람과 사랑에 눈이 먼 인형에게 이 세상이 어떤 벌을 내리는지, 깔랑의 주인이 모를 리 없었다.

♥

"여기가 이제 깔랑의 자리야."

그렇게 말하고 지점토 인형은 방에서 사라졌다. 깔랑을 옴짝달싹 못 하게 해둔 제 행동을 기억하지 못해서였을까? 아니, 깔랑은 이 모든 것이 의도된 상황이라고 생각했다. 지점토 인형은 멍청함과는 거리가 멀었다. 적어도 깔랑이 보기에는 그랬다.

지점토 인형은 검은 여자가 돌망치를 들어 올릴 것을 뻔히 알면서노 '엄마'라고 부르며 딜러들었다. 흩이진 제 몸을 다시 조립해줄 것이라는 믿음이 없었다면, 과연 그렇게 무모하게 여자의 품에 안길 수 있었을까?

지점토 인형은 깔랑을 손에 놓고 놀리듯 귀를 잡아뗐다. 그것도 다 찢어버리지 않고 반만 손상시켰다. 어차피 작고 말랑한 토끼 인형 따위, 자신을 어떻게 하지 못하리라는 자신감 덕분이었을 것이다. 그래서 깔랑은 점점 더 무기력에 제 몸을 내줄 수밖에 없었다. 새 친구를 의자에 묶어두고 처참한 인형 살해 장면을 가까이에서 보여준 지점토 인형은 너무 커다랗고 강렬했다.

'넌 아무것도 할 수 없어.'

어쩌면 이런 메시지를 은근하게 전달하려 했던 건 아니었을까? 깔랑은 낑낑대며 팔과 다리를 움직여봤지만, 도무지 의자와 노끈 모두 꿈쩍할 줄을 몰랐다. 어찌나 단단하게 힘주어서 매듭을 묶었는지 노끈에 닿은 부위만 아파올 뿐이었다. 도와달라고 소리쳐봤자 구해줄 사람도, 인형도 보이지 않았다.

깔랑은 정말 잘 버텨왔다. 처음 걷게 될 때는 온몸에 유리 조각을 박아넣는 듯 아팠다. 하지만 견뎌냈다. 그래서 포기할 수 없었다. 이희지가 깔랑의 마음도 모르고 내버렸을 때도 마찬가지였다. 하지만 앞으로 깔랑에게는 작은 희망의 빛줄기를 맛보는 하찮은 일조차 허락되지 않을 것처럼 느껴졌다.

상심해 축 늘어진 깔랑의 뒤쪽으로 무언가 부스럭거리며 다가왔다. 뒤돌고 싶었지만 그래봤자 귀만 힘없이 파닥거리는 게 여간 성질이 나는 게 아니었다.

"가만, 가만히 있어봐."

정체를 알 수 없는 무언가는 부산을 떨더니 깔랑을 구속하던 노끈을 모두 풀어버렸다. 고집 세던 붉은 끈이 모두 바닥에 힘없이 떨어지자마자 깔랑은 의자에서 펄쩍 뛰어올라 뒤를 돌아보았다.

"나는 그로테라고 해."

어느새 어둠에 익숙해졌는지 은인의 모습이 아주 잘 보였다. 불규칙하게 잘려서인지 아래로 차분하게 흘러내리지 못하고 사자 갈기처럼 삐죽삐죽 솟아 있는 푸석한 탈색모. 불로 지져진 듯 까맣고 조그만 구멍이 여기저기 나 있는 플라스틱 살구색 몸통. 하지만 관절이 있기에 나름대로 유연하게 움직일 수 있는 작은 관절 인형이었다.

조금 특이한 점이 있다면, 그것의 팔이 무려 네 개나 된다는 것이었다.

"아, 내 팔은 네 개야. 이런 인형은 처음 볼 거야. 뭐, 그렇다고 이상하거나 잘못된 건 아니니까 무서워하지는 말고."

"고마워, 덕분에 살았어!"

깔랑의 인사에 그로테는 두 손으로 입을 가리고 살며시 웃었다.

"아냐, 내가 해야 할 일이었는걸."

분명 기뻐해야 할 사건이 일어났다. 하지만 이미 엉망진창이 된 깔랑의 마음속에서 순수한 행복은 찾아보기 어려웠다. 그래서 깔랑은 더 이상 그로테의 말에 대꾸하지 않았다. 이제는 그 어떤 것도 쉽게 믿어서는 안 된다는 생각 때문이었다.

이희지, 검은 여자 그리고 지점토 인형까지. 이제껏 만나왔던 모든 존재가 깔랑을 괴롭히지 못해 안달이었다. 그러니 방금 나타난 그로테라는 인형도 다를 바 없을 거라고, 깔랑은 확신하는 지경에 이르렀다.

"많이 지쳐 보이네. 내가 만들어둔 비밀 공간으로 가자. 거기에서 좀 쉬는 게 좋을 거야."

아무 고민 없이 따라갈 수는 없는 노릇이었다. 하지만 어디든 책상 위보다는 나을 거라는 확신이 들었다. 깔랑은 씩씩한 그로테를 따라서 책상 아래로 미끄러지듯 뛰어내렸다. 찰싹. 부드러운 깔랑이 오래되어 여기저기 뜯어진 장판 위에 두 발을 딛고 일어섰다.

♥

불행 중 다행으로 그로테는 진짜 보금자리를 가지고 있었다. 다른 인형을 찢고 자르고 해체하는 공간이 아닌, 휴식을 취할 수 있는 진짜 아지트. 깔랑은 당장이라도 피곤한 몸을 철퍼덕 소리 나게 바닥에 누이고 싶었다. 하지만 경계를 늦출 수는 없었다.

그로테만이 닿을 수 있다는 직육면체의 방은 천장 바로 아래에 있었다. 올라오기 위한 방식도 너무나 기발해 감히 깔랑이 떠올릴 수도 없는 종류의 것이었다. 그로테는 제일 먼저 깔랑을 제 등에 업었다. 그러고는 딱딱한 네 개의 손바닥과 두 발바닥에, 어디서 났는지 모를 말랑한 껌을 붙였다. 그런 후 순식간에 거미처럼 벽을 기어올랐다.

물론 너무 어둡고 구석져서 눈을 돌리기만 하면 쥐와 바퀴벌레가 우글거리는 게 보였다. 상관없다고 생각하는 깔랑과 다르게 그것들은 깔랑을 경계하는 눈초리였다. 가까이 다가오려 하지 않고 왠지 모르게 경멸하는 듯도 보였다.

"내 방을 꾸미기 위해서 구할 수 있는 것이 한정적이었어. 바닥에 깔린 건 인형 솜인데, 보다시피 내 몸에는 폭신한 게 없어서. 그런데 넌 기분이 좀 그렇겠다."

그로테는 바닥에 수북히 깔린 누런 솜을 한쪽 구석으로 밀어버렸다. 솜으로 만든 언덕을 보니 얼마 지나지 않은 시점에 경험했던 역겨움이 다시 느껴지는 것 같았다. 정리를 끝낸 그로테는 깔랑의 얼굴 쪽으로 고개를 바짝 들이밀고 속삭였다.

"좀 쉬어. 내가 망을 바줄게."

"지점토 인형이 여기까지 올까?"

"그럴 리는 없을 거야. 그 친구는 키가 그다지 크지 않아서 여기까지 손이 닿지 않거든. 그렇다고 해서 기어오를 수도 없어. 우리보다는 무게가 훨씬 많이 나가니까. 대신 네가 조심해야 할 건 저것들이야. 힐끔거리는 걸 봐. 지금 너를 노리고 있어. 폭신하고 따뜻한 네 배에 알을 낳고 싶은 거야."

"뭐라고? 내 배에?"

깔랑은 순간 제 몸을 뚫고 나오는 새끼벌레들의 검붉고 투명한 다리를 상상했다. 그러고는 이상하게 배가 간지러운 것 같아 뭉툭한 손으로 벅벅 긁고 이쪽저쪽을 확인해야 했다.

"괜찮아. 정말 괜찮아. 내가 망을 봐줄게."

그로테는 어떤 마음으로 깔랑을 도왔을까. 무슨 생각으로 깔랑에게 자신의 공간까지 공유한 것일까. 깔랑은 쉽게 이해할 수도 없고, 추측하기도 어려웠다. 하지만 당장은 그로테를 믿는 것밖에는 방법이 없었다. 불편한 마음, 하지만 자유로워진 몸. 깔랑은 뒤로 벌러덩 드러누워 울퉁불퉁하게 발린 시멘트 천장만을 응시했다.

"저기, 그로테야. 너는 여기에 어떻게 온 거야?"

"그냥…… 걸어가다가 잡혀 왔어."

"그렇구나."

도대체 뭘 기대한 거냐고, 깔랑은 스스로에게 비난을 퍼붓지 않을 수 없었다. 어차피 다 똑같은 인형이었다. 그들에게 별다른 에피소드가 있을 리 만무했다. 그래봤자 깔랑처럼 주인에게 버려졌거나 비슷한 이유로 길을 헤맸을 텐데.

깔랑은 더 이상 속속들이 캐묻지 않았다. 이야기하고 싶지 않은 과거를 간직하고 있는지 모를 일이었다. 하지만 문제가 생겨버렸다. 비슷한 처지에 있는 인형을 마주하니 입이 근질거리기 시작했다. 뭐든 뱉어버리면서 같이 이야기하고 싶어졌다. 솔직히 그로테를 믿고 그에게 의지하고 싶기도 했다.

하지만 참아야 했다. 아직은 때가 아니라고 생각했다. 그로테가 어떤 인형인지 누가 알겠는가. 대신 깔랑은 평범하면서도 이런 상황에 꺼내기 적절한 질문을 찾아 던졌다.

"너는 왜 도망치지 않고 여기 있어?"

그로테는 한숨을 푹 내쉬었다. 바닥에 깔려 있던 먼지가 빠르게 몸을 일으켜 달아났다. 깔랑은 이제껏 그 어떤 인형이나 사람도 그런 식으로 고뇌에 찬 숨소리를 뱉어내는 걸 들어본 적이 없었다. 주변의 쥐와 바퀴벌레들도 그로테 쪽에 잠시 관심을 줬다. 물론 금세 다시 저들의 일로 돌아갔지만.

"그러게. 난 왜 계속 여기에 있을까? 아까 들어올 때 현관문 봤니? 밖에서 열게 되어 있어. 쉽게 나갈 수 있는 집이 아니야."

검은 여자의 손에 붙잡혀 들어오면서 깔랑도 느꼈었다. 마음대로 들어오기노 어렵시만, 그만큼 나가기도 어려울 것이라고. 하지만 그로테의 입에서 나온 언어로 들으니 더욱 절망적이었다. 이토록 더럽고 어두운 공간에서 언제 끝날지도 모를 인형의 삶을 견뎌야 한다니. 도중에 새로 들어오는 신참들의 사망을 엿보면서 연명하는 하루하루는 얼마나 끔찍할까.

깔랑은 순간, 이럴 거면 지점토 인형의 손에서 부서지는 게 나을지도 모른다는 끔찍한 생각을 했다. 그런 방법이 아니라면 어떻게 죽을 수 있는지 깔랑은 알지 못했다.

♥

하루, 이틀, 사흘, 나흘. 할 일은 없었고 덕분에 깔랑은 그로

테와 함께 무료한 시간을 보냈다. 태평하고 느긋한 그로테와
는 다르게 깔랑은 이 집에서 어떻게든 빠져나가야 한다는 열
망을 점점 키워갔다.

"그로테, 탈출을 시도하긴 했던 거지? 그렇다면 알려줘. 모
든 방법을 말해줘!"

"장담할 수는 없어, 깔랑."

가장 먼저 그로테는 창문을 이용하려고 했었다. 이 방 안에
있는 창문 한 짝, 주방 싱크대 앞에 나 있는 창문 한 짝을 통해
서. 하지만 어쩐 일인지 두 창문 모두 꿈쩍도 하지 않았다.

"바깥에서 본드인지 뭔지로 붙였는지 열리지 않게 해놓은
것 같더라."

검은 여자는 지점토 인형을 집 안에 가둬놓았다. 당연히 평
범한 방식으로는 절대 빠져나갈 수 없을 게 뻔했다.

"싱크대 배수관. 그걸 통해서 빠져나가려고도 해봤어."

배수관은 인형이 빠져나가기에는 충분히 넓었다. 그로테는
역한 냄새와 미끈거리는 물때를 헤치며 아래로 내려갔었다.
계속, 끊임없이, 영원할 것처럼.

"그런데 내가 폐소공포증이 있어. 그래서 중간에 포기할 수
밖에 없었어. 도움이 안 돼서 미안해."

깔랑은 그로테가 시도했던 방법을 들으면서 그가 얼마나 오
랫동안 이 집에 갇혀 있었는지 가늠할 수 있었다. 그리고 동시

에 자신의 처지가 그로테와 같아질지도 모른다는 불안감이 생겼다.

"사실 가장 가능성이 높은 방법이 있긴 해. 물론 장담할 수는 없지만."

오래되어 총명함을 잃은 플라스틱 눈알 두 개가 마침내 반짝였다. 깔랑은 그로테에게 바짝 달라붙어 고개를 내밀었다. 경청하겠다는 무언의 의지를 과하게 표하는 방식이었다.

"지점토 인형의 엄마, 그러니까 인간이 집에 왔을 때 현관문 틈새로 빠져나가는 거야."

왜 여지껏 그토록 쉬운 방법을 생각하지 못했는지! 깔랑은 자신의 무지함에 깜짝 놀라 자리에서 튀어 오를 뻔했다. 인간은 깔랑보다 몸집도, 키도 훨씬 컸다. 그렇기 때문에 검은 여자가 문을 열고 들어오는 데 필요한 최소한의 공간은 깔랑이 도망치기에 충분할 정도의 틈을 만들어줄 것이다.

깔랑에게 마침내 희망이 생겼다. 그리고 언제나 이런 감정은 깔랑이 모든 억압과 고통을 이겨낼 수 있게 해주는 원동력으로 기능했다. 당장 이 집을 빠져나가면 무엇을 해야 좋을지 깔랑은 고민하기 시작했다. 이희지를 찾아간다면? 그것도 좋은 방법이었다.

아니, 반드시 이희지를 찾아가야 했다. 네가 이렇게 날 버렸음에도 다시 돌아왔다는 것을 보여줄 작정이었다. 이희지에 대한 깔랑의 진심 어린 애정을 어떻게든 보여주고 싶었다.

한편으로 이희지가 밉고 원망스러웠으나 또 다른 한편으로는 그리웠다. 이희지는 깔랑의 평생을 지배하고 있던 유일한 인간이었으니까.

"그런데 문제가 있어. 검은 여자가 도대체 언제 이 집에 돌아오고 싶어질까? 규칙이 없어서 도무지 알 방법이 없어."

깔랑에게 있어 그런 건 문제가 되는 일 축에도 속하지 못했다. 깔랑은 기다리는 데 재능이 있는 인형이었다. 당장 문이 열리지 않더라도 언젠간 열리고 말 것이란 희망과 확신. 그것만 있다면 더 바랄 게 없었다.

그리고 그때, 마법처럼 현관 손잡이가 찰칵거리며 정적에 휩싸여 있던 집 안을 깨웠다.

"깔랑, 뛰어!"

깔랑은 다락방 안쪽에 구겨져 있던 몸을 일으켰다. 그러고는 말랑거리는 다리로 최선을 다해 뛰었다. 다락방 끝은 절벽이었지만 단 일 초의 망설임도 사치였다. 철푸덕. 부드러운 깔랑이 방바닥에 힘껏 부딪쳤다.

깔랑은 일어나 위를 올려다봤지만 그로테의 모습은 보이지 않았다. 아무래도 딱딱한 인형인지라 떨어지면 박살 날 게 분명했다. 그러니 내려오는 데 시간이 걸릴 수밖에. 어찌 됐건 기회가 왔고, 깔랑은 출구만 바라보며 달려야 했다.

그리고 기다렸다는 듯 방문이 소리도 없이 스르르 열렸다. 좁고 어두운, 인형의 생명을 분쇄하고 찢어발기는 끔찍한 방에서 빠져나가는 최고의 순간이었다!

♥

깔랑은 하늘색 털이 수북한 다리를 자신 있게 뻗었다. 이제까지의 그 어떤 걸음도 감히 비교할 수 없을 만큼 빠르고 확실한 동작이었다. 하지만 방문과 맞물린 문턱 위에 서서 본 현관의 모습은 예상 밖이었다. 분명 열려 있어야 한 회색빛 문이 굳게 닫혀 있었다. 깔랑이 잡혀 왔을 때와 다름없이 고집스러운 모습으로.

깔랑이 탈출을 너무나도 간절하게 바랐기에 환청을 들은 것인가? 아니다, 그럴 리가 없었다. 그로테도 분명 문 열리는 소리를 함께 들었다. 깔랑은 뒤에 있을 그로테를 보기 위해 고개를 돌렸다.

"그로테, 우리가 잘못 들었나 봐. 그로테?"

깔랑의 뒤를 쫓아왔으리라 생각했던 그로테는 없었다. 대신 어두운 방만이 깔랑을 무심하게 응시할 뿐이었다.

"그로테, 어디 있니?"

방 안쪽이 아닌 바깥쪽에서 발 디디는 소리가 났다. 물기 하나 없이 빽빽한 발걸음이었다. 정체가 뭔지 너무나도 잘 알 것 같은, 하지만 끝끝내 부정하고 싶은 소리. 깔랑은 방문 바깥으로 고개를 살짝 내밀었다. 바로 앞에 있는 사물의 색도 알아보기 어려운 어둠 속. 그 사이에서도 밝은 색깔을 뿜내는 것이 있었으니, 바로 지점토 인형의 허연 얼굴이었다.

눈과 코는 여전히 이상한 데 붙어 있었다. 하지만 입술은 처음 봤던 그때보다 조금 더 찢어진 채였다. 지점토 인형의 즐거움이 측정 불가한 영역까지 올라가버렸음을 알리는 신호였다.

슬며시 다가온 그것은 쪼그려 앉았다가, 깔랑을 더욱 자세히 보려 서서히 몸을 낮췄다. 뱀이 된 것처럼 방바닥에 몸을 찰싹 붙이고는 깔랑 앞에 자신의 흰 얼굴을 들이밀었다.

"오랜만이야, 내 친구 깔랑."

도망쳐야 했다. 하지만 어디로? 깔랑은 움직이지 않는 다리에 힘을 줘보려 애썼다. 온몸의 하늘빛 털이 와들와들 떨리고 있었다.

"깔랑."

이마와 턱에 하나씩 붙어 있는 흰 눈. 그 안에 여전히 흰 눈동자가 뱅글뱅글 돌아갔다.

"깔랑, 나를 위해서 숨바꼭질을 해주고 있었구나. 정말 고마워. 하지만……."

그로테는 어디로 갔을까? 깔랑은 그로테에게 따져 묻고 싶었다. 이 모든 것을 다 알고 있었느냐고.

"나는 이것보다 더 재미있는 놀이를 알아."

지점토 인형의 매끈하게 굳은 손이 나타나 깔랑을 확 잡아 챘다. 웅크렸던 지점토 인형이 몸을 빳빳하게 펼치더니 방 안으로 뛰어 들어갔다. 불을 켤 새도 없이 급한 마음과 동작으로 지점토 인형은 깔랑을 책상 가운데에 놓았다. 그러고는 초록 인형에게 했던 것처럼 사지를 움직일 수 없게 까만 절연테이프를 꼼꼼하게 붙이기 시작했다. 도망이라는 이름의 희망이 깔랑에게서 멀리 달아났다.

"그로데를 찾이? 그로테는 아마 자기 집에서 쉬고 있을 거야. 맞아, 이 모든 건 그로테와 내가 만든 놀이야. 정말 재미있지?"

깔랑은 발버둥 쳐봤지만 테이프는 너무 끈적했고, 지점토 인형의 손은 매우 크고 억셌다. 희고 거대한 포식자는 보물 상자속을 바라보듯 깔랑을 지긋이 내려다보았다. 뱅글뱅글 돌아가던 눈이 우뚝 멈췄다. 마치 대단한 결심이라도 한 모양이었다.

"재미있겠다, 그렇지?"

그로테. 비겁하고 야비한 인형. 깔랑은 그로테를 죽도록 패주고 싶었다. 그러면서 소리치고 싶었다. 너를 믿었던 내 모습을 보며 즐거웠느냐고. 이 집에서 탈출할 수 있다는 헛된 꿈을 가슴에 품은 채 미친 듯이 달려가는 내 뒷모습이 얼마나 우스

웠느냐고.

하지만 깔랑과 그로테가 만나는 건 무슨 일이 있어도 일어나지 않을 게 분명했다. 방금까지만 해도 미래를 위한 계획을 세웠던 순진한 토끼 인형에게 남은 시간 따위는 없으니까.

옹골찬 테이프 때문에 고개를 움직일 수도 없게 된 깔랑은 스스로에게 물었다.

'주인에게 버림받은 인형은 아무 곳에도 갈 수 없고 살아남을 수도 없다는 걸 이제 알았니?'

♥

뽁, 폭, 뻑뻑. 깔랑의 배와 가슴속으로 시침핀이 깊숙하게 꽂혔다. 파랑 혹은 분홍의 구슬이 끄트머리에 달린 바늘이 한 치의 망설임도 없이 깔랑을 파고들었다.

"너는 특별하니까 가장 예쁜 걸 꽂아주는 거야."

하나, 둘, 셋, 넷. 그리고 아홉 번째 시침핀이 꽂히려던 찰나, 대문이 철컹거렸다. 검은 여자가 구두코로 힘주어 대문을 밀치는 소리, 깔랑이 들어본 적 있던 소리가 또다시 났다. 순간 지점토 인형이 동력 잃은 태엽 인형같이 그 자리에 멈춰 섰다.

"엄마다!"

지점토 인형은 깔랑이고 뭐고 관심 없다는 듯 전부 내팽개

치고 현관으로 달려갔다. 깔랑에게는 일생일대의 기회가 찾아온 셈이었다. 하지만 팔다리가 책상에 단단하게 고정되어 있는 상태였다. 이 무슨 운명의 농간이란 말인가!

"아니야, 아니야! 이럴 수는 없다고!"

깔랑의 작은 머리에 과부하가 올 지경이었다. 이희지를 너무나 사랑한 작은 토끼 인형. 그게 잘못이었나? 시간이 지나 손때가 타면서 조금 납작해진 인형. 그것도 잘못이었을까? 아무리 찾아봐도 없었다. 깔랑이 이런 일을 당해야 할 이유 같은 건 말이다.

검은 여자의 또각이는 구두가 현관 앞에 디디랐고 자물쇠가 철컥거렸다. 탈출할 수 있는 틈이 벌어지기 일보 직전이었다. 하지만 깔랑은 현관 근처로도 갈 수 없었다. 아니, 인형 살해의 증거가 대놓고 전시되어 있는 방에서조차 나갈 수가 없었다.

"도와줘, 도와달라고. 아무나 좀 도와달란 말이야. 그로테, 이 나쁜 녀석아! 양심이 있으면 날 도우라고."

손잡이가 돌아가는 소리가 들리고는 집 안으로 차디찬 공기가 훅 밀려들었다.

"전부 끝났어. 다 끝났다고!"

물론 검은 여자가 지점토 인형과 영원히 집 안에서 함께 살을 부대끼며 살 리는 없었다. 그러니 문은 다시 한번 열려야 했다. 깔랑은 몸부림쳐봤지만 절연테이프는 끄떡없었다. 다만 깔

랑의 겨드랑이가 찢어질 것 같은 미묘하고 불길한 소리만 들
릴 뿐이었다.

그사이에 검은 여자는 집 안으로 들어왔고 현관문은 닫혔
다. 무거운 무언가를 끌고 온 듯 헉헉대는 숨소리가 처량하게
늘어진 깔랑에게까지 들렸다.

"자, 먹어야 해."

뭘 먹으라는 건지 짐작할 수도 없었다. 지점토 인형에게는
입술이 있었기에 그것이 벌어지며 말할 수 있었지만 그 안으
로 음식을 집어넣는다는 건 어딘가 어색하게 느껴졌다.

"먹으라니까!"

여자의 목소리가 너무나 엄격해서 깔랑조차 어깨를 움츠릴
정도였다. 처참하게 깨지고 부서진 기억이 있음에도 지점토
인형은 검은 여자를 엄마라고 생각했다. 검은 여자가 주워 온
출처를 알 수 없는 다 낡아빠진 인형의 등장에도, 지점토 인형
은 즐거워했다. 지점토 인형은 검은 여자를 사랑했다. 깔랑이
이희지를 사랑했던 것처럼.

"또 이럴래? 나 바빠."

지점토 인형은 그 어떤 대답도, 나지막한 숨소리조차도 내
지 않았다. 그때 깔랑의 한쪽 손이 자유로워졌다. 물론 절연테
이프의 접착력이 너무 강한 탓에 부드러운 파란 양모가 우수
수 뽑혀버렸지만.

"쉿, 조용. 깔랑, 설명할 시간이 없어."

그로테의 대단한 등장과 가상한 노력으로 깔랑의 두 팔이 자유로워지는 데는 삼십 초도 걸리지 않았다.

"정말 미안해, 깔랑. 테이프를 전부 떼고 나면 벌거숭이가 되겠는걸."

다리까지 자유로워진 깔랑이 책상 위에 벌떡 일어섰다. 하지만 그로테에게 고맙다고 이야기하지는 않았다. 대신 책상 아래로 뛰어내려 바닥 위에 말랑하게 부딪혔다. 솜으로 가득 찬 몸이 추락하기 용이하다는 사실은, 아마 이희지의 집에만 처박혀 있었다면 영원토록 몰랐을 것이다.

검은 여자가 집에서 시간을 오래 보낼 리 없었다. 그러니 다시 한번 현관이 열릴 때를 노려야 했다. 깔랑은 털이 듬성듬성 심긴 손을 말아 주먹을 쥐었다. 그러고는 소리나지 않게 걸어가 문지방에 바짝 엎드려 거실에서 대치 중인 검은 여자와 지점토 인형을 흘겨봤다.

지점토 인형은 심란한 듯 여자가 질질 끌고 온 양동이 안을 바라보는 중이었다. 비릿한 냄새로 가득한 집 안을 서서히 물들이고 있었다.

"저건 사람의 분비물이나 노폐물일 거야. 그게 아니더라도 고약한 무언가가 분명해. 저걸 지점토 인형이 먹게 되면 저 여자는 더욱 아름다워질 수 있거든. 지점토 인형 말로는……."

"닥쳐, 그로테."

"미안. 조용히 할게."

♥

깔랑은 당연히 검은 여자가 아주 짧은 시간 동안 집에 머물 줄 알았다. 그러니 자신의 탈출을 도울 틈도 곧 만들어질 것이라고 생각했다. 하지만 지점토 인형은 생각보다 고집불통이었다. 도무지 검은 여자의 말을 들을 생각은 추호도 없이 목석처럼 빳빳하게 구는 게 아닌가?

깔랑은 지점토 인형이 빨리 저 냄새나는 것들을 먹어치웠으면 싶었다. 어차피 다른 인형들을 신나게 괴롭히고 파괴하던 지점토 인형이었다. 저런 고통 따위를 또 겪는다고 해도 깔랑의 분이 쉽게 풀릴 리 없었다.

"오늘 왜 이렇게 고집을 피워? 어차피 너는 내가 하라는 대로 해야 해. 널 누가 만들었는데? 나잖아. 널 누가 계속 살려두는데? 그것도 나잖아. 어서 먹어. 다 처넣으란 말이야."

깔랑은 거실 쪽으로 고개만 빼꼼히 내민 채 발을 동동 굴렀다.

"너 정말 안 되겠다."

검은 여자는 꿇어앉은 지점토 인형의 뒤로 걸어갔다. 지점토 인형의 입술은 한없이 얇고 작아져 있었다. 깔랑을 괴롭히면서도 끝도 없이 찢어지던 입술과 완전히 딴판이었다.

"어쩔 수 없어."

검은 손톱이 길게 자란 여자의 손이 지점토 인형의 머리통을 억세게 감싸 쥐었다. 얼마나 힘을 줬는지 흰 가루가 부스스 바닥으로 떨어졌다.

"제발 좀, 말 좀 들어라."

지점토 인형의 희고 딱딱한 머리가 양동이에 처박혔다. 그의 양팔이 방금 물에서 꺼낸 물고기처럼 파닥거렸다. 물속에서 뭐라고 고함을 지르는지 알아들을 수 없는 괴상한 소리가 끊이지 않았다. 지점토 인형은 있는 힘껏 반항하는 듯했다. 오물로 뒤덮인 머리가 양동이 밖으로 빠져나오려다가 들어가고, 다시 빠져나오려다가 더욱 깊숙이 처박혔다. 잠시 드러난 지점토 인형의 얼굴은 끔찍했다.

"깔랑, 안 보는 게 나을 것 같아. 그냥 여기에서 가만히 기다리다가 문이 열리면 나가자, 응?"

"그로테, 그런 건 내가 알아서 결정해. 넌 좀 빠져."

그로테와 쓸데없는 대화를 나누고 나서 거실을 바라봐도 지점토 인형은 여전했다. 몇 초 전과 다를 바 없이 최선을 다해 반항하고 있었다. 하지만 상대는 검은 여자였다. 툭 치면 쓰러지고 부서지는 지점토로 만든 인형 따위가 감히 어떻게 인간의 힘을 이길 수 있을까.

깔랑의 마음이 복잡해졌다. 끝까지 보고만 있자니 어쩐지 하지 말아야 할 일을 하는 듯한 기분이 들었다. 하지만 그렇다고 해서 끼어들 이유는 없었다. 지점토 인형과 검은 여자의 괴상한 의식에 깔랑은 아무런 접점이 없었고, 심지어 깔랑에게 해가 되는 것도 아니었다. 게다가 지점토 인형이 깔랑에게 도움을 요청한 적도 없었다.

하지만 못내 마음에 걸리는 건 단 하나. 찰나의 순간 마주쳐 버린 지점토 인형의 얼룩진 눈알이었다. 더럽혀진 눈 속에서도 표정이 보였다. 그 누구에게도 제대로 된 사랑이라고는 받아본 적 없는 생명체의 서글프고 텅 빈 마음이 보였다.

깔랑이 그런 눈빛을 본 건 처음이 아니었다. 이희지도 그랬다. 어려운 상황에 처했다고 해서 모두가 당당하고 우렁차게 도움을 요청할 수는 없다. 깔랑은 그걸 알고 있었다. 어떤 것들은 제 처지를 그저 수용하며, 모든 상황을 꾸역꾸역 감내해내기도 했다. 그게 바로 이희지였다.

깔랑은 그런 주인에게 힘이 되어주고 싶었다. 주변에 아무도 없는 인간 곁에 저라도 찰싹 달라붙어 손톱만 한 온기라도 전해주고 싶었다. 하지만 그럴 수 없었다. 깔랑은 인형이니까. 그래봤자 간신히 걷는 것 정도만 할 수 있는 인형일 뿐이니까.

♥

　인형은 아무것도 하지 않는다. 아무 말도 하지 않는다. 아무
런 생각도 하지 않는다. 인간이 정해준 자리에서 벗어나지 않
는다. 다가오는 인간의 어떤 손길도 거부하지 않는다. 그래야
하는 게 인형이다.

　"그만둬, 깔랑."

　내내 침묵을 지키던 그로테가 깔랑의 팔뚝을 세게 잡았다.
플라스틱 손가락이 깔랑의 몸을 감싼 천을 뚫을 것 같아 오히
려 그로테가 깜짝 놀라 손을 떼며 물러섰다. 하지만 말리는 것
을 멈출 생각은 없는 모양이었다.

　"끼어들면 정말 곤란해질지도 몰라. 그리고 그게 정말 너를
위한 일이야? 확신해? 지금은 너만 생각해, 깔랑."

　네가 뭘 알아, 하고 대꾸하려던 깔랑은 최선을 다해 참았다.
지점토 인형을 오래 보고 겪은 것은 깔랑이 아니라 그로테였
으니까. 하지만 많은 시간 부대꼈다고 해서 모든 속앓이와 사
정을 파헤칠 수는 없었다. 때로는 스치는 인연이 묵은 먼지처
럼 뭉치고 단단해진 문제를 한 번에 깨부숴주는 경우도 있다.

　깔랑은 바닥에 등을 댔다. 배에는 시침핀이 꽂혀 있으니 엎
드려서 기어갈 수는 없었다. 계획을 실행하기 전, 깔랑은 그로
테를 바라봤다. 주변이 암흑과 다르지 않았지만 깔랑의 플라

스틱 눈은 반짝이고 있었다.

"그로테, 솔직하게 이야기해줘야 해."

"응."

"넌 내가 죽기를 바랐어?"

"아니야. 그건 정말 아니야, 믿어줘. 나에게도 이야기하기 어려운……."

"그만. 그 정도면 됐어."

어쨌든 깔랑의 결박을 두 번이나 풀어준 건 그로테였다. 용서와 화해는 나중으로 미뤄두기로 한 깔랑. 지점토 쪽으로 가기 위해 보드라운 몸을 문턱 위로 밀어 올렸다.

깔랑의 작은 몸이 재빠르게 방을 빠져나가더니 바퀴벌레처럼 소리도 없이 빠르게 전진했다. 집 안이 어두웠기에 망정이지, 아니었다면 제멋대로 돌아다니는 토끼 인형을 검은 여자가 가만두지 않았을 게 분명했다.

양동이 속에서 허우적대는 지점토 인형을 지나쳐 검은 여자의 몸 위로 빠르게 기어 올라갔다. 모기가 살을 물 때보다 더 얌전하고 사뿐하게, 부드러운 발바닥을 이용해 검은 여자의 어깨까지 순식간에 등반했다.

여자의 어깨에 걸터앉아서 내려다본 지점토는 처참했다. 그래봤자 인간이 휘두르는 돌망치에 저항 없이 맞아야 했던 존재. 깔랑은 한 번쯤 묻고 싶었다. 네가 생각하던 놀이를 하며 너는 즐거웠느냐고. 어쩌면 깔랑은 제가 그리 불행한 인형이 아닌지도 모르겠다고 생각했다. 깔랑은 영원하지는 않았지만 이희지의 진실한 애정을 경험해봤다. 주인을 잃었지만 새롭고 위험한 세계가 존재한다는 것을 알게 되었다. 그리고 깔랑은 누군가를 돕겠다는 결심을 했다.

깔랑의 멀쩡한 한쪽 귀가 팔랑팔랑 돌아가더니 검은 여자의 뺨을 시원하게 쳤다.

"뭐야?"

검은 여자가 깔랑 쪽을 바라봤을 때, 깔랑은 미리 배에서 뽑아둔 시침핀을 여자의 눈알에 박아 넣었다. 바늘의 흔적은 보이지도 않고 구슬만 보일 수 있도록, 깔랑은 최대한 정성을 다해 찔렀다.

"아악! 내 눈!"

검은 여자는 지점토 인형의 머리와 함께 양동이에 넣어두었던 손을 꺼내 제 눈과 얼굴을 감쌌다. 그러고는 뒤로 넘어진 채약 먹은 벌레처럼 온몸을 뒤틀기 시작했다. 지점토는 갑작스럽게 자유를 얻게 되어 어리둥절했지만, 곧 제가 사랑하는 엄마를 발견하고는 소리를 지르며 검은 여자에게로 갔다.

"엄마!"

검은 여자의 한쪽 눈이 현관 쪽의 돌망치로 향했다. 그러고는 제 품으로 엉겨 붙는 더러운 지점토 인형을 밀치고 그쪽으로 천천히 기었다. 자신이 위험한 상황에서도 검은 여자는 '엄마'라고 불리지 않는 것이 그 무엇보다 중요했던 것이다. 그러니 속이 시원해질 때까지, 분이 풀릴 때까지 지점토 인형을 쳐부술 작정이었다. 눈에서 느껴지는 최악의 고통을 누군가에게 전이할 수 있다면, 검은 여자는 당연히 제 아픔을 지점토 인형에게 선사했을 테다.

그사이, 깔랑은 싱크대 옆에서 제 역할을 하지 못한 지 오래인 가스레인지로 달려갔다. 하지만 손잡이를 돌리기는 쉽지 않았다. 미끄럽고 부드러운 손으로는 가스 밸브를 잡는 것조차 어려웠다. 마침 그로테가 달려와 네 개의 손을 검은 손잡이에 찰싹 붙였고, 그대로 열었다. 깔랑은 흉내도 못 낼 아주 매끄러운 움직임이었다.

타닥거리는 소리와 함께 파란 불빛이 솟구쳐 올랐고, 깔랑은 반만 찢어져 덜렁거리던 한쪽 귀를 힘껏 떼어냈다. 길쭉한 낙엽 모양의 푸른 귀 끝을 불 속에 집어넣었다가 불이 붙자 꺼냈다. 그리고 돌망치를 신나게 휘두르는 검은 여자 쪽으로 던졌다. 검은 여자는 어떤 운명과 미래가 저에게 다가오는지 전혀 모르고 있었다.

♥

"무슨 일이래?"

작은 골목을 작은 소방차가 비집고 들어왔다. 그 뒤로 또 다른 소방차가 조심스럽게 골목에 진입했다. 대충 세 대의 소방차와 한 대의 구급차가 동네를 점령했다. 사람들은 베란다에 나가거나 옥상으로 올라가 불길이 어디로 옮겨가지는 않는지 주시했다.

단층집은 마치 불에 타고 싶다는 오랜 소망을 이루는 것처럼 훨훨 다올랐다. 신이 난 불길은 푸른 하늘까지도 닿을 듯 점점 몸을 부풀리며 연신 까만 연기를 토해냈다. 그런 상태의 집이 잘 보이는 골목 끝의 가로등 밑. 음식물 쓰레기와 빵빵해진 종량제봉투가 엉겨 있는 사이로 귀 하나가 쫑긋 솟아올랐다. 제 귀 하나를 떼어냈으나 자유를 얻게 된 깔랑이었다.

하지만 더러운 것들을 헤치고 당당하게 두 팔과 다리를 뻗고 서 있는 건 귀여운 토끼 인형이 아니었다. 연하늘색 털은 타오르는 불빛에서 뿜어져 나온 재의 색깔과 같아졌다. 탁하고 어두워진 깔랑의 배에는 여전히 색색깔의 끄트머리를 가진 시침핀들이 꽂혀 있었다.

깔랑은 금기를 깼다. 인간을 다치게 했기에 더 이상 누군가의 인형으로 살 수 없게 되었다. 하지만 슬프고 후회되는 표정을 짓지는 않았다. 오히려 자유롭고 당당한 얼굴이었다.

"주인 따위 필요 없어."

이제 깔랑은 부드러워야 할 필요가 없어졌다. 귀여울 필요도, 두 쪽 귀가 온전하게 붙어 있을 필요도 없어졌다. 다만 어디로 가야 할지, 어느 쪽으로 가기를 원할지 스스로 생각해야할 뿐이었다.

"불이 더 커지는데?"

집 안에서 작은 폭발이 연달아 일어나듯 펑펑 소리가 끊이지 않았다. 깔랑은 구경꾼들의 눈을 피하며 인간들의 다리 사이를 민첩하게 내달려 골목 끝으로 사라져버렸다. 아마도 가고 싶은 곳과 하고 싶은 일이 생겼기 때문일 것이다.

그리고 그런 깔랑의 뒤를 쫓는 것. 뱀같이 보이지만 거센 바람이 불자 바로 흩어져버리는 흰 가루다. 다시 대기가 잠잠해지자 한곳에 희게 뭉쳤다 다시 흩어지기를 연신 반복했다.

"뭐야, 이건?"

잠옷 반바지 차림으로 담배를 태우던 남자가 바닥의 흰 가루를 보았다. 쓰레기라고 생각했는지 남자는 슬리퍼 신은 발로 그것들을 퍽퍽 짓이겼다.

"더럽게! 사람들은 이렇게 아무 데나 쓰레기를 버린다니까."

아직 아무것도 끝나지 않았다. 진짜 시작은 이제부터였다.

그로테|grote

그로테. 그로테스크라는 영어 단어에서 가져왔어요. 그로테
스크, 처음 들어보세요? 그럴 수 있죠.

"Grotesque."

참고하도록 하세요. 노파심에 의미도 함께 알려드리자면
'괴기스럽고 끔찍하다'는 뜻이랍니다. 괜찮아요. 영어를 모르
는 건 죄가 아니에요.

이름이라는 건 꽤 중요한 역할을 합니다. 어떤 것의 정체성
은 이름에서 나타나니까요. 아, 징그럽고 괴기스러운 성질이
나의 정체성이라는 사실이 억울하지 않느냐고요? 전혀요. 속
상하다고 느껴본 적도 없는걸요. 사실, 이 이름은 내가 지었거
든요.

인형은 예쁘고 귀여워야 합니다. 그래서 나처럼 실수로 팔이 두 개나 더 달려버린 불량품은 폐기되어버리죠. 하지만 나는 네 개나 되는 팔을 부끄러워한 적이 단 한 번도 없어요. 꽤나 장점이 많단 말이죠. 남들이 나를 보고 비정상이니 쓸모가 없다느니 지칭하는 건 어쩔 수 없다고 생각해요. 하지만 타인이 만들어놓은 틀에 나를 꼭 맞출 필요는 없잖아요.

그냥 이렇게 정리할까요? 부족한 것보다는 많은 게 낫다. 그러니까 그로테는 더 나은 상태라고 할 수 있다. 아주 깔끔하네요. 사실 난 지금 숨고 싶어요. 매우 피곤해서 눈이 감기기 직전이랄까요. 고민이고 생각이고 다 저 멀리 던져버리고 구석에 들어가서 쉬고만 싶어요.

많은 책을 읽고 철학적 사고를 습관적으로 해왔던 나조차도 어떤 순간에는 잘못된 결정을 내리게 되더군요. 그렇게 해서는 안 된다는 걸 알면서도 몸이 움직여버릴 때의 처참함이란. 아, 다시 생각하니 끔찍하군요.

누구든 실수를 할 수 있습니다. 하지만 그러한 의사 결정이 내가 사랑하는 존재를 파괴해버렸다면 어떨 것 같나요? 장담하는데, 나처럼 숨는 것밖에 할 수 없을 거예요. 시간을 되돌릴 수 있다면 얼마나 좋을까, 하루에 몇 번도 더 생각한답니다. 물론 불가능하겠지만요.

♥

　자유의 몸! 지점토 인형의 손아귀에서 벗어난 그로테가 거리로 나섰다. 고문을 피해보겠다고 신입들을 함정에 빠뜨리는 일도 드디어 끝났다. 거짓, 속죄, 반성, 또다시 회유와 배신. 안 그래도 그로테의 속이 썩어들어가는 중이었다.

　"이럴 수가. 갈 곳이 없군!"

　그로테는 정처없이 돌아다녔다. 이곳저곳을 헤집어보기도 하고, 괜찮은 보금자리가 있는지 눈에 불을 켜고 뛰어다니기도 해봤다. 하지만 일주일이 지났어도 여전히 목적지를 찾지 못한 방랑객 처지였다. 하릴없이 걷기만 하던 그로테가 결국 도착한 곳은 한 원룸 건물 앞이었다. 너무나도 오래 머물렀기에 집의 구조와 냄새까지 익숙해진 그곳.

　그로테는 도망쳤었다. 비겁하고 한심하기 짝이 없는 행동이었다. 하지만 다시 그때로 돌아간다고 하더라도 똑같은 결정을 내렸을 터였다.

　"나는 입만 산 쓸모없는 그로테."

　그때 그로테에게는 동료들이 있었다. 대단한 싸움과 결투가 벌어졌을 때 그들은 그로테를 믿고 따랐다. 그로테의 의견에 동의했고 힘을 실어주었다. 모두가 자신이 가는 길이 옳은 방향이라고 믿었다. 그랬기에 더욱 단단하게 뭉칠 수 있었다.

하지만 모두가 부서지고 깨지고 터지던 사이에서 그로테는 도망쳤다. 정신없이 달렸다. 무리의 균열을 만들고는 비겁하게도 꽁지 빠지게 도망친 게 바로 그로테였다. 그 누구도 아닌 그로테였단 말이다! 그때는 달려가는 팔 네 개짜리 인형을, 산책하던 인간이 볼 수도 있을 거란 걱정조차 할 수 없었다. 비이성이 그로테를 지배하고 있었기 때문이다. 덕분에 검은 여자는 너무나도 쉽게 그로테를 손에 넣을 수 있었다.

"이런 바보, 멍청이."

친구들을 배신하고 떠났으면 제대로, 열심히 살아남기라도 해야 했다. 하지만 몇 달 전 이별을 고했던 대문 앞에 서니 미칠 노릇이었다. 돌아온 그로테의 모습은 예전과 딴판이었다. 몸 여기저기에는 불로 지져댄 흔적이 남아 있었고, 길었던 탈색모는 어깨에 닿지도 못하는 길이로 짧아져 누추하기 그지없었다. 누가 봐도 '그동안 잘 살아냈구나' 할 만한 모양새가 아니었다.

사실은 그로테도 어렴풋이 알고는 있었다. 언제까지 진실을 뒤로하고 도망만 다니면서 살아가기에는, 그로테 스스로가 충분히 뻔뻔하지 못했다. 게다가 죄책감은 그 풍채가 점점 더 자라나 허리도 제대로 펼 수 없을 정도로 무거워졌다. 하지만 문제를 해결하는 방법을 안다고 해서 무조건 실행할 수는 없었다. 행동하기까지는 숱한 고민과 결단이 필요했다.

"그래. 이제 더는 안 돼."

그로테는 열린 대문 안쪽으로 나 있는 계단을 바라봤다. 어찌 된 일인지, 이 집은 계단을 다섯 개나 기어올라가야만 1층이었다. 이만큼 기묘하고 쓸데없는 구조는 전에 본 적이 없었고, 앞으로도 볼 일이 없을 것이다. 물론 다섯 번만 용을 쓰면 계단 오르기는 끝이 난다. 하지만 평균적인 키를 가지지 못한 그로테에게는 끔찍한 장애물일 뿐이었다.

그로테는 2층 같은 1층에 있는 현관에 다다르기 위해 계단을 오르기 시작했다. 다행히 시간대는 깊은 밤, 취객이나 배고픈 길고양이만이 지나다니는 시긴이었다. 살며시, 티 니지 않게 그로테를 응원하는 듯 가로등이 깜빡였다.

그로테의 손 하나가 계단 끄트머리에 달린 미끄럼 방지 구조물에 걸쳐졌다. 손이 네 개나 되어서 얼마나 다행인지. 어떻게든 꼼지락거리고 꿈틀거리며 높디높은 돌계단을 하나씩 정복해나갔다. 관절이 있어 팔꿈치와 무릎을 구부릴 수는 있었지만, 그런 동작이 크게 도움이 되지는 않았다.

그렇게 온 힘을 다한 그로테가 다섯 개의 계단 오르기를 성공해낸 시각은 동이 터올 무렵이었다. 끔찍한 피로와 스트레스가 그로테를 짓눌렀다. 그래도 그로테는 온몸을 바짝 일으켜 세웠다. 바로 앞에 보이는 민트색 페인트를 뒤집어쓴 현관문에게 지지 않겠다는 듯한 모양새였다. 문 아래쪽에는 덜컹

거리는 우유 구멍이 있었다.

그로테는 우유 구멍 덮개에 네 개의 손을 가져다 댔다. 그러고는 동그란 플라스틱 덮개를 잡아 들고 안으로 다이빙하듯 몸을 던졌다. 한 치의 망설임도 없는 몸짓으로.

♥

물이 한 방울씩 새기 때문에 언제나 바가지를 밑에 받쳐놓아야 했던 수도꼭지. 아귀가 잘 맞지 않아 닫으려면 힘을 한세월 주던 현관 바로 왼쪽의 화장실 문. 여기저기 바래고 삭아버린 벽지와 들뜬 장판. 이 모든 것은 단 한순간도 그로테의 머릿속에서 사라져본 적이 없었다. 시간이 지날수록 색이 바래기는커녕 징글징글하게 달라붙은 껌딱지처럼 서서히 그 자리에서 굳어갈 뿐이었다.

"아아, 배신자가 돌아왔는데도 이토록 따스하게 반겨주다니."

사실 그 누구도 그로테를 마중 나오지 않았다. 오히려 집 안은 불안할 정도로 고요했다. 하지만 순식간에 그리움이라는 감정이 불어나 그로테를 한입에 삼켜버렸다. 제 마음속의 슬픔, 후회, 미안함이 소용돌이치며 그로테의 무릎을 그대로 굽혔다. 팔이 네 개나 달린 누추한 모습의 인형은 절하듯 현관 바닥에 주저앉았다.

"아아, 내 집! 나의 동료들! 나의 모든 것!"

그로테가 눈을 뜬 건 아주 오래전이었다. 인형 생산 라인에서 불량품으로 분류될 예정이었던 그로테는 멀뚱하니 레일에 누워 있었다. 앞으로 어떤 일이 벌어질지 몰랐던 건 아니었다. 그냥, 가만히 있었다. 그게 인형의 일 아니던가.

공장에는 똑같은 옷을 입고 똑같은 머릿수건을 하고 비슷한 표정을 지은 여자들로 가득했다. 하지만 그 안에서도 다른 한 명을 발견할 수 있었다. 그의 눈이 순간 반짝였기 때문이다. 그로테는 그 얼굴을 응시했다. 지겹고 님루한 일성을 견뎌내던 중, 삶을 괜찮다고 착각하게 해줄 무언가를 발견한 표정으로 가득한 이목구비였다.

인간은 그로테를 집어 들었다. 분실과 도난을 방지하기 위해 작업복에는 주머니의 흔적조차 찾아볼 수 없었다. 어쩔 수 없이 그로테는 속옷 안에 들어가야 했다. 분명 유쾌한 기억은 아니었다. 하지만 어쩔 수 없다는 것도 알고 있었으므로 불평하지는 않았다. 뭐, 구시렁거려봤자 들어줄 사람도 없었을 테지만.

그로테의 주인이 되기로 한 여공은 퇴근길 내내 주머니에서 손을 빼지 않았다. 사람이 꽉 차서 넘어질 걱정 없는 마을버스 안에서도, 집으로 향하는 언덕길에서도. 인간의 왼손은 그로테를 꼭 쥐고 있었다. 누가 보면 주머니 안에 현금 다발이라도 있는 줄 알았을 것이다.

그때 주인의 마음은 어떤 종류의 감정을 품고 있었을지 그로테는 알지 못했다. 그 이후로 폐기될 위기에 처한 거의 모든 인형을 들이기 시작한 인간의 결심 또한 속속들이 알아낼 수는 없었다. 인형에서 끝나지 않고, 새로 옮긴 직장에서 실험용 쥐를 한 마리씩 훔쳐 온 이유 역시 몰랐다.

물론 추측해볼 수는 있었다. 털이 나지 않은 것, 몸집이 매우 작은 것, 입이 없는 것, 한쪽 눈이 막혔거나 머리가 두 개인 것 등. 주인이 집에 들이는 인형과 쥐는 하나같이 너무나도 다양한 종류의 비정상들이었기 때문이다.

인간은 버려져야 했을 인형과 쥐 들로 빼곡한 방에서 편안히 잠을 청했고, 맞춰놓은 알람에 불평 없이 일어났다. 그런 하루하루가 영원하리라 생각했다. 인간은 어땠을지 모르겠지만 적어도 그로테를 비롯한 많은 것들이 그렇게 믿었다.

하지만 인간은 죽었다. 어느 날, 그 어떤 예고도 없이, 고요하게.

"왜 나에게는 이렇게 이상한 일들이 일어나는 걸까? 나는 어디서부터 잘못한 걸까. 용서를 구할 수 있다면 좋을 텐데. 아무나 나와봐! 내가 돌아왔어!"

눈물샘이 없는 그로테는 눈물을 흘릴 수가 없었다. 하지만 고통스럽다는 표현은 할 수 있었다. 신발을 두는 돌바닥 위에 대자로 제 몸을 펼친 채 최선을 다해 온몸을 버둥거렸다. 그러다 문득 시선을 느끼고는 물었다.

"거기…… 누구 있어요?"

이상했다. 그로테의 등에 뜨겁게 꽂히는 눈빛의 방향이 괴상했다. 그건 천장에 매달려서 보아야만 가능한 시선이었다. 하지만 그럴 수가 있나? 도대체 어떤 쥐나 인형이 끈끈하지도 않은 나무 벽에 매달려서 아무 말도 없이 그로테를 내려다볼 수 있을까. 그로테는 엎어져 있던 몸을 뒤집어 현관문에 가까운 위쪽 천장을 올려다봤다.

"어?"

붉은 거미가 있었다. 빨갛다 못해 어두운 갈색인 짙은 몸체를 가진 거미가 천장에 거꾸로 매달려 있었다.

아니, 계속 보니 알 것 같았다. 그건 거미가 아니었다. 다만 몸체를 누르면 톡 터져서 안에 맺힌 붉은 무언가가 폭발할 것만 같은, 마른 팔과 다리 그리고 뚱뚱한 배와 가슴을 가진 인간이었다. 커다란 거미처럼 변해버린 그로테의 주인이었다.

그것은 그로테를 보고 있었다. 아무런 기척도 없이.

♥

참 흐릿한 인상을 가진 사람이었다. 마른 얼굴이지만 그렇다고 해서 광대뼈를 비롯한 여타의 얼굴 골격이 그리 크게 드러나지도 않았다. 입술은 도톰한 듯 얇았고, 코는 높지도 낮지도 않았으며, 이마는 그리 넓지도 좁지도 않았다. 특색이라는 단어 자체를 모르는 얼굴. 그게 바로 그로테에게 단 하나뿐이었던 주인을 설명할 수 있는 문장이었다.

그로테를 노려보며 한 발 또 한 발 움직이는 괴이한 거미의 얼굴이 바로 그랬다. 온몸이 빨갛다 못해 터질 듯하고 내부가 찰랑이는 게 보일 정도로 끔찍한 모습을 한 채 움직이는 괴생명체. 그것은 그 누구도 아닌 그로테의 주인이었다. 인간이 천장에 손과 발을 붙이고 머리는 아래로 축 늘어뜨릴 수 있다는 걸 그로테는 처음 알게 되었다.

붉은 거미가 된 인간이 손을 내밀었다. 길고 마른 팔뚝에서 끈적한 체액이 흘러나와 기분 나쁜 소리를 내며 늘어졌다.

"오랜만……이에요. 하하."

그로테가 도망쳤을 때, 주인의 모습은 평범했다. 그저 잠을 자다가 숨이 끊어진 모습 그대로 굳어 있을 뿐이었다. 심지어 꽤 평화로워 보이는 표정이었고 전혀 불쾌해 보이는 구석도 찾아볼 수 없었다.

그로테는 주인을 사랑했다. 이 세상에서 유일하게 아끼던 인간, 그게 바로 주인이었으니까. 아무래도 그건 사랑이었다. 그러니 주인의 마지막을 장식하는 일도 중요했다. 그로테에게도, 그로테가 아닌 다른 인형들과 실험용 쥐들에게도. 그래서 온몸이 고집스레 굳어가던 시체를 사이에 두고 전쟁이 일어났었다.

"주인은 인간이야. 인간은 인간의 방식대로 삶을 마쳐야 하는 거야. 어떻게든 이 죽음을 알려야 한다고. 너희는 지금 죽음을 받아들이지 못하고 회피하는 거라고!"

"그로테의 말에 동의할 수 없어. 우리의 주인은 분명 인간이긴 했었지. 하지만 이 집에 놀러 온 인간이 단 한 명이라도 있었어? 없었잖아. 주인이 아플 때 이 세상의 수많은 인간은 무얼 했느냐 말이야. 주인은 다른 인간들과는 달라. 특별하다고. 하찮은 인간들의 방식은 이제 버려야 해. 우리 식대로 장례를 치르자고."

그로테와 가장 친했던 그 녀석. 얼굴 밑에 달린 커다란 혹이 하루가 다르게 불어나던 쥐는 그로테와 떨어진 적이 없었다. 세상 물정에 항상 호기심을 가지고 있었으며, 아는 것도 많았기에 그로테와 혹 난 쥐는 하루도 빠짐없이 심도 깊은 대화를 나눴었다. 인간이 죽기 전까지는 말이다.

누군가의 죽음을 사이에 두고, 둘 중 어느 하나도 물러설 수 없었다. 그들은 모두 자신의 방식대로 주인을 사랑해왔기 때문이다. 하지만 그렇게 노력하고 고집부린 결과가 겨우, 기껏 이런 결말이었다면……. 그로테는 도대체 무엇을 위해 싸웠던 것인지 알 수 없었다.

모두 자신의 논리에 잠식되었다. 그래서 쥐는 쥐를 물었고, 인형은 인형을 구타했다. 있는 힘을 다해 서로를 때리고 부쉈다. 떨어진 쥐들의 살점에서는 피가 났고, 인형들의 모발은 뜯겨 공기 중에 날렸다. 심지어 어떤 것들은 성냥을 들고 이리저리 다니는 바람에 구석구석 불이 붙기도 했다.

"아니야, 이건 아니야. 아무도 이런 싸움을 원하지 않아!"

그렇게 그로테는 도망쳤다. 거의 평생을 몸담았던 집을 뛰쳐나가고서 한 일이 과연 무엇이었던가. 바보같이 달리다 납치되듯 흘러 들어간 작은 집에서는 죄없이 잡혀 온 인형들을 지점토 인형에게 몰아주었다. 그 대신 그로테는 제 몸을 둘 수 있는 작은 구석을 얻었다.

솔직히 그 방법이 최선이라고 생각했었다. 어차피 죽을 인형들이라면 며칠만이라도 더 살 수 있게 해주는 것. 그로테의 머리로 짜낼 수 있는 최고의 배려였다.

"그래, 난 죄인이야. 이렇게라도 용서받을 수 있다면 나는 받아들이겠어. 내 최후가 아무리 끔찍하고 비참하더라도."

그로테는 가까워지는 두 개의 눈알을 피하지 않았다. 충혈

된 듯 온통 빨간 눈자위 또한 그로테를 뚫어지게 응시했다. 이전까지 그로테는 마음 편히 잠들었던 적이 단 한 번도 없었다. 하지만 공포스러워야 할 지금, 오히려 마음이 편해졌다. 배신자는 그에 걸맞은 비참한 엔딩을 맞아야 한다는 게 그로테의 생각이었다.

죽음을 결심한 그로테의 짧은 머리카락이 갑작스럽게 뒤로 쫙 당겨졌다.

"어림없는 소리."

귓가를 스친 소리는 너무나도 익숙하고 그리웠던 바로 그 목소리였다. 때로는 압도적이고 경이롭기까지 하던 혹 난 쥐의 호통이었다!

"가만히 있기나 해."

어느새 혹 난 쥐는 그로테의 머리카락을 물고 구석으로 달려가고 있었다. 할 수만 있다면 그로테는 대꾸하고 싶었다. 정말 보고 싶었다고. 네가 믿을 수는 없겠지만, 진심으로 매일매일 돌아오고 싶었다고.

♥

그로테가 혹 난 쥐에게 질질 끌려가 도착한 곳은 보일러실이었다. 싱크대 바로 옆에는 얄팍한 벽 하나가 세워져 있었다.

마치 집이 다 지어진 이후에 어떤 실수를 발견하고는 아차, 하며 잘못을 만회하려고 만들어둔 모양이랄까. 물기가 사라진 지 오래인 주방 기구를 열심히 오르면 보일러실 창문에 닿을 수 있었다. 불투명한 유리가 끼워진 모서리에는 구멍이 있었는데, 혹 난 쥐와 그로테 모두 간신히 왔다 갔다 할 수 있는 크기였다.

시멘트 칠이 된 벽에 붙은 보일러는 윙윙 돌아가지도 않고 침묵을 지키고 있었다. 그리고 바닥에는 마치 대단한 구경거리를 위해 모여든 인파처럼 쥐들과 인형들이 빽빽하게 서서 각자의 정수리를 자랑했다.

"그로테?"

한 마리의 쥐가 고개를 들자 모두 창문에 아슬아슬하게 서 있는 처참한 인형을 올려다봤다. 쥐와 인형들 모두 아직 잊지 않았다. 그로테의 존재, 그로테의 이름, 그로테와의 추억과 기억까지.

"반가워. 보고 싶었어. 용서는 바라지 않을게. 나는 그럴 자격이 없으니까."

혹 난 쥐의 이빨에 덜렁덜렁 달려 온 그로테가 바닥에 차분하게 놓이자 그 주위를 쥐와 인형 들이 둘러싸 원을 만들었다. 그 가운데서 그로테는 속삭이듯 말하며 네 손을 모으고 고개 숙인 채 움직이지 않았다. 누가 봐도 용서를 구하는 중이구나 싶은 동작이었다. 그런 그로테의 머리통을 혹 난 쥐가 가볍게 깨물었다.

자기 비하, 한숨, 깊은 후회. 그로테는 그런 것들과 무척 가까운 성격이었다. 명도가 낮은 감정이 그로테에게 다가올 때마다 다시 이성을 찾게 해주던 건, 혹 난 쥐의 뾰족한 두 개의 앞니였다.

"혹 난 쥐야, 너의 혹 상태가 많이 안 좋아졌어. 혹시 그것도 나 때문인 걸까?"

혹 난 쥐의 혹이 썩어들어가는지 턱 밑에는 누런 진물이 굳어 있었고 냄새는 이전과 비교할 수 없게 고약했다. 그뿐 아니라 구더기 같은 것들도 자잘한 피부의 구멍 사이로 고개를 내밀었다 들어가기를 반복하고 있었다.

"지금 그런 건 문제가 아니야. 심각한 상황이라고. 자, 다들 조금만 비켜줘!"

앞을 빽빽하게 가리던 작은 군중들이 물러나며 길이 만들어졌다. 그로테의 가슴속에 잊고 있던 혹 난 쥐를 향한 경이감과 존경이 한순간에 터져 나왔다. 가야 할 때는 망설이지 않고, 물러서야 할 때는 화끈하게 자리를 내주던 혹 난 쥐의 면모. 꼭 본받고 싶던 성정이다.

방금 만들어진 길 끄트머리에 우뚝 서 있는 건 신발 밑창이었다. 거대한 것을 보니 분명 쥐나 인형의 것은 아니었다.

"네가 맞았어, 그로테. 가슴은 쓰리지만 인정할 건 해야지. 죽은 사람을 영원히 붙들고 있는 거, 그거 사랑 아니더라. 그냥 집착일 뿐이었어."

혹 난 쥐는 한숨을 푹 쉬며 코끝으로 그로테를 툭 쳤다. 이것 또한 그의 습관이었다. 조금 슬프거나 힘이 들 때, 남들은 알 수 없게 그로테에게만 전하던 비밀 신호 같은 것이랄까.

"나는 헤어지고 싶지 않았어. 주인과도, 이 모든 친구와 동료들과도. 너는 이해하잖아, 내 기분. 난 이 모든 것이 소중해. 날 비정상이라고 하지도 않고 폐기해야 한다고 딱지 붙이지도 않는 이 공간과 인연들을 절대 손에서 놓고 싶지 않았어. 물론 그 마음은 지금도 마찬가지야."

그로테는 혹 난 쥐를 따라 커다란 갈색 구두 위로 기어올랐다. 그렇게 인간의 정강이와 허벅지를 차례로 밟아가자 둥그런 배 위에 도달했다.

"하지만 시간을 영원히 멈추겠다는 발상은 바보 같은 생각이었어. 인정해야지."

오르락내리락하는 살덩어리 위에서는 신발 주인의 얼굴이 너무나 잘 보였다. 피가 다 말라버린 듯한 허연 얼굴이 지점토 인형을 연상시켰다. 하지만 여기저기 물줄기처럼 퍼진 푸른 핏줄 덕분에 살아 있는 인간임을 알 수 있었다.

"아직 안 죽었나 보네."

"응, 아직은. 그런데 아마 곧 죽게 될 거야. 우리가 이 일을 제대로 해결하지 못한다면 말이야."

손과 발이 결박되어 있는 것도 아닌데 남자는 도통 일어날 생각 없이 누워만 있었다. 어쩐지 숨도 간신히 들이쉬고 내쉬는 것 같았다.

"치열한 싸움이 끝나고, 넌 사라졌지. 그리고 나와 나를 믿는 이들이 승리했어. 우리는 계획했던 대로 시간을 멈출 수 있었어. 그렇게 우리의 주인은 절대 썩지 않는, 우리도 자라거나 늙지 않는 유토피아가 완성된 줄 알았던 거야. 그런데 일주일 전에 갑자기 인간이 사라졌어."

"뭐?"

"얼마 뒤 이 남자를 꽁꽁 묶어서 끌고 왔지. 그 이후로 생긴 일은 그로테 네가 맞혀봐."

주인의 몸은 이미 죽었다. 아무리 좀비처럼 움직여서 사람을 납치해 온다고 한들, 사람의 살을 뜯고 피를 마신다고 해도 그것들을 소화시킬 리 만무했다. 주인은 흡혈귀가 된 듯 행동했을 것이다. 하지만 그렇게 목구멍을 타고 들어간 뜨끈한 피는 어디로 다시 흘러갈 수도 없이 한곳에 고인 채 썩어갔을 터였다.

붉은 거미가 된 인간이 원하는 건 결국 살인이었던 걸까. 뭐가 어떻게 되든 결국 이 모든 일이 좋은 끝을 향해 달려갈 수는 없었다. 그로테의 직감이 그렇게 되리라고 확신에 찬 목소리로 소리치고 있었다.

♥

꿈뻑, 꾸음뻑. 눈곱이 달라붙어 제대로 열리지도 않는 남자의 눈꺼풀이 움직였다. 정신이 들었는지 황급히 머리를 들어 올렸으나 아직은 힘이 충분하지 않았다. 금세 찬 시멘트 바닥에 뒤통수가 부딪히듯 떨어지고 말았다.

"흐흑, 빌어먹을."

주변 풍경이라고는 괴상한 쥐와 인형뿐이었다. 그런 기묘한 장면이 두려움을 불러왔는지도 몰랐다. 남자는 눈물을 흘리기 시작했다. 가만히 앉은 채 생각에 잠겼던 그로테는 남자의 배 위에서 뛰어내렸다. 그러고는 두 다리로 달려 남자의 얼굴 쪽으로 다가갔다.

이마에는 잔주름이 나 있고, 오래도록 한 종류의 모자만 써 왔는지 깊은 자국도 남아 있었다. 면도를 하지 않은 지는 최소 일주일이 넘었기에 희끗희끗하고 까칠한 수염이 인중과 턱에 다닥다닥 나 있었다.

어쩐지 참으로 익숙한 얼굴이었다. 특색 없는 듯하지만 그런데도 무언가 이상하거나 조화롭지 못하다는 느낌을 주지 않는 인상. 순간 그로테는 네 개의 팔을 불가사리처럼 쭉 뻗었다. 앞에 있는 남자는 그로테의 주인을 이 세상에서 살아갈 수 있도록 탄생시킨 부모라는 존재가 분명했다!

"자식새끼 하나 간수 못 해서 이 꼴을 당하고 있다니."

더 이상 움직일 힘은 없어 보였으나 입으로 한탄하는 모습이 참으로 대단했다. 역시 인간 종족은 끈기로는 어느 종족에게도 지지 않는다는 사실을, 그로테는 다시 한번 확인했다.

"내가 조금만 젊었어도…… 몽둥이로 개 패듯 두들겨서 정신 차리게 해주는 건데."

주변에 있던 쥐와 인형 들이 손을 올려 시모의 귀를 막았다.

"개 패듯이라니. 세상에, 저런 끔찍한 말이 있다니! 절대 들어서는 안 돼."

인간들의 말은 아름다웠다. 하지만 어떤 때는 오물이 둥둥 떠 있는 썩은 물보다도 더러웠다. 그래서였을까. 그로테와 혹난 쥐의 주인은 말이 없었다. 그랬기에 그가 그토록 아름답고 고귀해 보였는지도 모르겠다고, 그로테는 그제야 생각했다.

"그로테, 난 네가 갑자기 사라져서 오랫동안 죄책감을 느꼈어. 내가 고집부리지 않았다면 너를 잃지 않았을 거라고 믿었거든. 그런데 어느 순간부터 네가 우리를 배신했다는 소문이 돌더라. 그런데 지금은 너에 대한 미움 같은 걸 따질 때가 아니야. 저 남자를 어떻게든 집 밖으로 밀어내야 해."

그로테는 긴장하며 혹 난 쥐의 따발총 같은 말을 경청했다. 원체 느긋하고 차분한 편인 혹 난 쥐가 이러는 건 자주 있는 일이 아니었기 때문이다.

"그런데 저렇게 큰 인간을 우리가 어떻게 하겠어? 게다가 좋은 사람도 아닌 것 같은데, 그냥 내버려두면 안 될까?"

티 없이 순수한 그로테의 질문에 혹 난 쥐는 두 눈을 꼭 감으며 잠시 명상하듯 호흡을 정리했다. 그러고는 결심했다는 듯 두 눈을 왕방울만 하게 키우고는 몰아붙이기 시작했다.

"자, 우리의 사랑하는 인간이 이 남자를 어떻게 데려왔다고? 납치해 왔다고, 납치."

"응."

"납치는 인간 세계에서 범죄에 속할까, 아닐까?"

"그건 확실하게 대답할 수 있지. 범죄야."

"우리 주인은 평생을 법 없이도 살 사람처럼 살아왔어. 그런데 인생의 마지막을 범죄로 마무리한다면, 괜찮을까?"

"괜찮을 리 없지……."

그로테의 머릿속이 복잡해졌다. 동시에 모든 상황이 죄스럽게 느껴졌다. 애초에 그로테가 비겁하게 도망치지만 않았다면 이런 일 따위 일어나지 않았을 수도 있었다. 아니, 싸움을 만들지 말았어야 했다. 자신의 몸 위를 넘나들며 서로를 공격하고 물어뜯는 쥐와 인형들의 행태가 죽어 있던 주인의 무언가를 자극했을지도 모르는 일이었다.

보일러실 문만 열어도 거미처럼 움직이는 주인이 남자를 보고 달려들 게 분명했다. 그렇다고 원룸에서 거미 인간의 눈을 피할 마땅한 공간이 있는 것도 아니었다.

그로테와 혹 난 쥐를 비롯한 모두가 별다른 해법도 없이 차디찬 보일러실 바닥에 앉아 있었다. 간간이 호흡기가 좋지 않은 쥐들의 거친 콧김 소리만 들려올 뿐이었다. 하지만 익숙했던 정적은 곧 소음으로 변했다.

"주인이다! 빨개진 주인이다!"

텅, 하는 소리와 함께 보일러실 창문의 불투명한 칭이 빨갛게 물들었다. 찢어질 듯 얇아진 피부에 배어난 피가 유리에 묻어 흘러내렸다.

"큰일이야. 주인이 여기 들어오면 모든 게 끝이야. 그로테, 납치에서 끝나지 않을 거야. 살인죄까지 추가될 거라고!"

그로테는 벌떡 일어서서 문을 찾았다. 그러다가 반복된 자신의 볼품없는 행위, 도망치려는 본능이 발동되고 있음을 깨달았다. 이번엔 그럴 수 없었다. 그로테는 절대 도망치지 않겠노라고 다짐했다. 무슨 일이 생기더라도!

♥

텅, 텅, 텅. 붉은 거미가 창문에 몸을 부딪치자 유리에 금이 갔다. 안 그래도 모서리가 깨져 있던 창문은 더 이상 버티지 못하겠다는 듯 위태롭게 흔들렸다. 그러더니 순식간에 가장자리에서부터 중심까지 뚝, 벌어져서 와장창 깨지고 말았다. 긴장하고 있던 쥐와 인형 들은 고개를 숙이며 떨어지는 유리를 피하기 바빴다.

"인형들은 쥐 위로 올라가. 최대한 버텨야 해!"

주인은 살아 있을 적에 실수로 쥐 꼬리 하나라도 밟아본 적 없었다. 하지만 그때와는 확연히 달라졌다. 주인의 모습도, 행동거지도. 두 손과 두 발로 여기저기를 쾅쾅 찍어 누르고 다니니, 실수로라도 밟히면 쥐들은 터질 수밖에 없었다. 인형들이야 찌그러져도 힘을 합쳐 다시 펴주면 그만이나, 살과 피를 가진 쥐들에게는 그렇게 간단한 문제가 아니었다.

그로테가 사라진 시간 동안, 남은 이들은 동료와 친구를 잃지 않기 위해 나름의 규칙을 마련했다. 딱딱한 인형은 깨지고 다치기 쉬운 쥐를 지킬 것. 팔이나 다리가 긴 인형들은 중간중간 기둥처럼 위치를 잡고 그 주위로 서로의 다리와 팔을 얽을 것. 그렇게 해서 쥐들의 머리 위로 여유 공간을 만들어야 했다.

혼란스럽지만 나름의 체계를 갖춘 보일러실 안에서 그로테는 뻣뻣하게 굳어버렸다. 도망치지 않겠다고 했지, 무언가를 해보겠다고 다짐하지는 않았던 까닭이다.

붉은 몸에 포악한 성질을 가진 거미가 되어버린 인간 주인. 그것은 벌써 창문 아래로 기어 내려가서는 늙은 남자의 정강이에 두 손을 짚었다. 그러고는 슬며시 목 근처로 다가가려 하고 있었다. 개도 고양이도 인간도, 큰 핏줄이 지나가는 목이 약점일 수밖에 없었다.

그로테는 바로 위를 지나가는 주인의 눈알을 보았다. 피가 맺힌 붉은 눈알, 그 안에서 타오르는 욕망의 불꽃. 그토록 적의에 찬 얼굴을 그로테는 본 적이 있었다. 바로 검은 여자가 지짐토 인형을 볼 때의 눈빛이었다.

"아니야, 이럴 수 없어. 나의 주인은 그런 사람이 아닌걸."

그로테의 주인, 그로테의 존중을 받을 수 있는 유일한 인간은 검은 여자와 비교도 할 수 없었다. 그로테를 분쇄 직전에 구해주었고, 살아 있을 리 없어 보이는 인형에게도 늘 영혼이 있는 것처럼 대접해주는 사람이었다.

그토록 순수한 존재에게 그로테는 무엇을 주었던가? 고요한 사람, 자신이 가졌던 쥐와 인형에게 화풀이 따위 해본 적이 없던 사람. 그런 주인의 결말이 무자비하고 난장판이어서는 안 되는 일이었다. 그것만은 확실했다.

붉어지고 탱탱 부은 얼굴이 점점 남자의 목 쪽에 가까이 갔다. 뭉툭한 이빨을 목덜미에 세게 꽂아 넣으려는 순간, 그로테는 자신이 무슨 생각을 하는지도 모르고 본능적으로 뛰기 시작했다. 그러고는 인간의 벌어진 입을 네 손으로 잡고, 그 안으로 제 머리를 집어넣었다. 피 칠갑이 된 입안에서는 좋지 않은 냄새가 났다.

"멈추지 말아야 할 때는, 멈추지 않는다."

혹 난 쥐가 했던 말. 그로테는 주문을 외듯 그것을 되새겼다. 그러고는 이빨이 알알이 들어찬 시뻘건 입속으로 기어 올라갔다. 목표는 둥그런 목구멍이었다. 그 안으로 그로테는 삐죽한 머리칼이 아직 성성하게 꽂혀 있는 플라스틱 머리통을 욱여넣었다. 절대 멈추지 않아야 한다는 마음가짐으로.

목구멍은 마치 배고팠던 짐승이라도 되는 양, 간절하고 지독하게 그로테의 몸에 쩍쩍 달라붙었다. 양옆과 위아래에서 동시에 그로테를 터뜨리려고 애를 썼다. 하지만 그럴수록 그로테는 네 팔과 다리를 이용해 인간이 그 어떤 것도 삼킬 수 없게 최선을 다했다.

아마 주인이 그로테를 훔치지 않았다면, 공장에서 짜부라지는 통증을 느꼈어야 했다. 잘못 만들어진 인형을 가루로 만들기 위한 기계의 파쇄력. 그 힘은 너무나도 강력해 감히 인형 따위가 이겨낼 수는 없었을 테니까.

하지만 그로테는 오로지 파괴만을 위해 존재하는 고철 덩어리 가까이에 가지 않았다. 그리고 세상 위를 제 발로 걷고 두 눈으로 감상할 수도 있게 됐다. 주인 덕분에 정말 많은 것을 알았다.

깔랑처럼 귀엽지만 대단히 용감한 인형이 있었다. 자기도 인형이면서 다른 인형을 고문하고 괴롭히는 지점토 인형도 있었다. 그리고 무엇보다도 비겁하게 도망치지 않고 제자리를 지키는 혹 난 쥐가, 이 세상에 존재했다.

그로테는 꿈틀대며 조금씩 움직였다. 사방에서 조여오는 목구멍을 최선을 다해 밀어가며 미끄러운 식도로 내려갔다. 더는 네 팔을 옴짝딸싹힐 수 없을 때까지. 두 디리에서 힘이 완전히 사라져버릴 때까지. 도망쳤던 그로테, 비겁했던 그로테, 겁쟁이 그로테는 사라졌다.

❤

"그로테, 일어나."

부드럽고 고소한 목소리가 들렸다. 물론 목소리는 맛볼 수 없지만, 그로테는 그런 생각을 했다. 이건 정말 고소하다고.

"그로테, 눈을 떠봐."

그로테는 눈을 떴다. 주변이 빛으로 가득 차 있었다. 보통 영화에서 이런 경우 백이면 백, 죽고 난 이후 도착하게 되는 공간이었다.

"죽었구나. 그래, 잘됐어!"

그로테는 상체를 벌떡 일으키고 네 손을 기도하듯 맞잡았다. 이런 죽음이 나쁘지 않았다. 어쨌든 도망치지 않았고, 최선을 다했으니까.

"아니, 넌 죽지 않았어. 넌 내 배 속에 들어와 있는 거야."

"무슨 소리를 하는 거예요?"

그로테는 주위를 둘러보았다. 전혀, 절대로 누군가의 내장 속일 리 없는 공간이었다. 온통 희고 부드러워 보였기에 생크림으로 가득 찬 방처럼 보였다.

"그로테, 고마워. 너는 내가 살면서 처음으로 가졌던 인형이었어."

그로테는 목소리의 정체를 기억해냈다. 바로 주인이었다. 참으로 부드러웠던 사람, 목소리에 폭신함이 느껴졌던 사람 말이다. 언제나 불평 대신에 미소를 지으며 살아가려고 노력했던 사랑하는 주인의 목소리였다. 그로테는 벌떡 일어나 이곳저곳을 둘러봤다. 주인, 나의 주인. 이상해진 얼굴 말고, 그의 미소 짓는 얼굴을 단 한 번만이라도 볼 수 있다면 더 바랄 게 없겠다고 그로테는 외치고 싶었다. 하지만 목소리가 나오지 않았다. 대신 눈물만 삐져나올 것 같은 기분이었다. 물론 그로테의 몸에는 수분이 없기에 울 수가 없었지만.

"이 세상은 참 어렵더라. 그래도 너희는 내 삶이 마냥 복잡하지만은 않다는 걸 알려줬어."

"미안해요. 그냥 뭐든 우리가 잘못한 것 같아요, 정말로."

찌그러져가는 표정으로 그로테는 아무것도 없는 흰 공간을 이리 왔다 저리 갔다 했다. 만약 혹 난 쥐가 있었다면 정신 산만하다고 앞니로 깨물 몸짓이었다.

"이제 깨어나자, 그로테."

엄청난 구역질 소리와 함께 그로테는 핏물에 쏠렸고, 덕분에 정신을 차렸다. 분명 목구멍으로 머리를 집어넣었는데 주변으로 보이는 건 핏물이 차오르고 있는 보일러실이었다.

혼비백산 그 자체였다. 팔과 다리로 여전히 거미처럼 제 몸을 지탱하던 주인이 피를 쏟아내고 있었다. 그 어느 곳도 붉게 물들지 않은 데가 없었다. 인형들은 텅 빈 몸을 이용해 나룻배처럼 붉은 강 위에 떠 있었다. 털이 젖기를 두려워하는 쥐들은 인형 위에 올라타 서로의 몸을 꼭 붙잡고 덜덜 떨었다.

"그로테! 그로테!"

그로테는 둥둥 뜬 채 팔과 다리를 휘저어 혹 난 쥐에게로 헤엄쳐 갔다. 이미 젖은 털 때문에 약간씩 무거워지는지 혹 난 쥐는 조금씩 가라앉고 있었다.

"혹 난 쥐, 이러다가는 모두 다 잘못될 것 같아. 보일러실 문을 열어야 해."

"문은 밖에서 잠겨 있어. 아무리 힘을 줘서 부딪쳐도 열리지 않을 거야. 그렇게 되면 저 남자는 죽고 말겠지. 우리 주인은 살인자가 될 거고."

누워 있던 남자의 얼굴 반쪽은 이미 찰랑이는 피로 적셔지고 있었다. 남은 코 한쪽으로 숨은 쉴 수 있겠지만, 곧 다른 한쪽도 잠길 예정이었다. 심각하게 겁에 질렸는지 정신없는 상황 속에서도 남자는 일어날 기미가 없어 보였다.

"이제 우리가 할 수 있는 건 없는 것 같아, 그로테."

그로테는 이 상황을 어떻게든 해결하려 했다. 이왕 다시 깨어났다면 모두를 위해 한 번 더 희생하는 것도 참 멋있겠다고, 그로테는 스스로를 세뇌했다. 그러고 자신을 붙잡는 흑 난 쥐를 밀치고는 벽을 기어 올라갔다. 이제 유리는 깨지고 틀만 남은 창틀로 기어 나가 다시금 벽을 타고 내려갔다. 역시 흑 난 쥐의 말대로 문은 잠겨 있었다. 그로테가 이 집에 살았던 몇십 년 동안 보일러실 문이 열려 있는 건 단 한 번도 본 적이 없었다.

♥

"생각해야 해, 그로테. 여기서 포기할 수는 없어. 안 돼! 안 된다고!"

잘못은 어디에서 시작됐을까. 집 안의 모든 사물과 존재들은 폐기 처분 대상이었다. 하나같이 불량이었고, 모두 '참 잘했어요' 도장 따위는 받아본 적이 없었다.

시간을 멈추고 싶었던, 원룸이라는 작은 공간에서 영원하고 싶었던 흑 난 쥐와 동료들의 마음. 그로테는 알 수 있었다. 모두 유통기한을 늘리고 싶었던 게 분명했다. 그로테도 한때는 그렇게 믿던 때도 있었다.

괴상하고 이상한 것들이 평범해질 수 있는 단칸방 안에서 우리는 버려지거나 가치 없는 것으로 치부되는 게 아니라, 그냥 인형과 쥐로 살아갈 수 있다고. 유일한 공간을 떠나서는 안 된다고. 그럴 수 없다고.

하지만 나가보니 아무도 그로테를 신경 쓰지 않았다. 그로테를 잡아서 분쇄기에 넣을 사람은 아무도 없었다. 사실, 그로테가 주인의 도움으로 공장에서 빠져나온 순간부터 시작됐다. 그때부터 어떤 존재도 그로테를 폐기 처분 대상이라고 함부로 낙인찍을 수 없었다.

기형으로 탄생한 실험용 쥐들이 실험실에서 탈출했던 순간, 그들은 더 이상 버려져야 할 것들이 아닌 주인의 소중한 쥐가 되었다.

아무도 깨닫지 못한 사이, 그로테를 비롯한 모두가 자유를 쟁취했다. 그러니 집 밖으로 빠져나가지 않을 이유가 단 하나도 남아 있지 않음을, 모두가 알아야 했다.

"혹 난 쥐! 쥐들이 보일러실 바깥으로 나올 수 있게 도와줄 수 있어?"

그로테가 소리치자 단 몇 초 만에 창틀 위로 각양각색의 쥐들이 기어올라 제 모습을 보였다.

"나무를 갉아 먹어줘! 그것밖에는 방법이 없어."

핏방울 때문에 털이 살짝 젖은 쥐들이 차례로 뛰어내렸다. 그러고는 나무로 된 보일러실 문에 달라붙어 정신없이 갉아대기 시작했다. 곧, 아예 털이 새빨개진 혹 난 쥐도 그로테 근처로 기어왔다.

"그로테는 역시 똑똑하구나. 내가 인형 보는 눈 하나는 대단하다니까."

그래봤자 오래된 나무문일 뿐이었다. 주인이 평생을 살아온 집은 바람조차 제대로 막아주지 못했다. 그러니 바깥에서 불어오는 찬 공기와 수분기를 나무가 온몸으로 받아냈을 테다. 그로테의 주인이 늙어가는 동안 나무문 역시 세월을 경험했고 그만큼 약해졌다.

그로테는 창틀로 기어올라갔다. 여전히 주인은 꼿꼿하게 자세를 유지한 채 피를 토해내고 있었다. 남자의 얼굴은 완전히 피에 잠겨버렸다.

"안 돼."

그때, 쩍 하는 소리가 들리더니 나무문이 쓰러졌다. 그리고 비릿한 냄새를 풍기는 피가 파도처럼 집 안으로 쏟아져 들어왔다. 오래되어 잔뜩 들뜬 장판은 순식간에 바닥에서 떨어져 나풀거렸다. 집 안은 바다 같았다.

붉은 피 위에 동동 떠 있는 인형들을 헤치고 그로테는 보일러실 안쪽으로 향했다. 누워 있던 남자의 뱃살을 한 번, 그리고 또 한 번 꼬집었다. 남자는 꿈지럭대더니만 가쁜 숨을 몰아쉬었고, 상체를 일으키는 데 그리 오래 걸리지는 않았다.

"경찰…… 경찰을 불러야 해. 이 망할! 경찰을 부르라고!"

그는 간신히 네발 기기 자세를 하는 데 성공했다. 손과 발로 바닥을 짚을 때마다 찰박기리는 소리가 귀를 때렸다. 일어설 힘도 없는지 그 모습 그대로 현관까지 다다라서는 문을 열고 구르듯 계단 다섯 개를 순식간에 미끄러져 내려갔다.

"사람 죽는다! 사아람 죽는다아!"

그렇게 말하며 골목 바닥에 마구 나뒹굴었다. 그로테는 그러거나 말거나 싱크대로 올라갔다. 피가 전부 빠져나갈 때까지 지켜볼 요량이었다. 사실 더 이상 걷거나 뛸 힘이 남아 있지 않았다. 물론 다른 인형과 쥐 들의 상태도 다를 건 없었다.

♥

"그러니까 여기 내 자식새끼가 하나 삽디다. 그런데 하나밖에 없는 이 아비를 가두고, 여기 목에 이를 박아서 피를 마시고!"

"피를 빨았다는 말씀이시죠? 흡혈귀처럼?"

출동한 경찰들은 남자의 말을 듣는 둥 마는 둥 했다. 솔직히 현실적으로 받아들이기 어려운 부분이 너무 많았다. 이상하게 생긴 쥐와 인형 들이 가득한 집. 그 집에 살던 딸이 거미처럼 변했다는 것까지. 경찰은 계속해서 서로 눈빛을 주고받았다.

'이분 괜찮은 거 맞아?'

'모르겠어요.'

하지만 민원은 민원이었다. 공무를 행해야 하는 경찰이니, 신고가 들어왔다면 해결하는 것이 인지상정.

"아, 그래서 문을 열라는 거예요, 말라는 거예요?"

성미 급한 집 주인이 키를 찰랑거리며 끼어들었다. 그 또한 집값이 떨어질 만한 일을 반길 리 없는 임대 사업자였다. 물론 경찰의 등장은 최악 중의 최악이었다.

"예, 열어주세요. 노크해도 반응이 없으시니까."

인간들의 몸집은 너무 커다란 탓에 그로테처럼 우유 구멍으로 들어갈 수는 없었다. 드디어 집주인이 동그란 손잡이에 키를 꽂고는 한 번에 돌렸다. 찰칵하는 소리와 함께 환영한다는 듯 문이 활짝 열렸다.

"아버님, 핏물은 어디에 있을까요?"

집 바깥에 서 있어도 한눈에 담을 수 있을 정도로 작은 원룸은 몹시 깔끔했다. 모든 게 정돈되어 있어 이미 세입자가 짐을 정리하고 나간 것처럼 보일 정도였다. 하지만 방 한가운데에는 오래된 이불이 있었다. 그리고 그 아래에는 그로테의 주인이 고요하게 누워 있었다.

피로 가득 차 퉁퉁 부어 있던 배와 비쩍 마른 팔다리는 어디 가고, 겨울철에 죽어 부패가 매우 느리게 진행된 인간의 모습이었다.

"이…… 이럴 리가 없어. 내가 분명히 봤단 말이야! 내 말 못 믿어? 못 믿나고! 내가 시뻘건 피를 뒤집어썼다니까? 일을 이 따위로 할 거야? 내가 너희 고발할 거야."

그러거나 말거나 경찰은 죽은 인간에게만 관심이 있었고, 집주인은 청소하는 데 얼마나 들지에만 관심이 있었다.

그리고 그 모든 것을 몰래 지켜보고 있던 그로테와 혹 난 쥐, 아니 '뼈다귀'가 싱크대 서랍 안에 들어 있었다. 살짝 열린 틈새로는 바깥이 얼마든지 보였다. 최적의 염탐 장소가 될 것이라 했던 그로테의 예상이 적중했다.

"역시, 그로테. 최고의 선택이었어!"

"나는 뭐, 별로 한 게 없지. 화장실에 있던 수건을 전부 끌어다가 바닥을 닦아내자고 한 건 너였잖아."

"일손이 많았으니 다행이지, 아니면 들킬 뻔했어."

남자는 현관 앞에 벌렁 드러누워버렸다. 보통 어린이들이 그런 식으로 행동한다. 원하는 것이 있으나 가질 수 없을 것 같을 때 떼를 쓰는데, 남자는 그런 못된 습성을 어디선가 배워 온 게 분명했다.

"그런데 혹 난 쥐야. 괜찮은 거 맞지? 뼈만 있으니까 어쩐지 추워 보이는데."

큰일을 겪고 나니 혹 난 쥐의 뼈와 살이 사라져버렸다. 피에 쓸렸는지 바람에 쓸렸는지는 알 수 없었다. 정신없이 이리저리 뛰고 나니 고름을 뿜어내던 혹도, 몸무게 대부분을 차지하던 살점도 모두 사라지고 뼈만 남은 것을 그로테가 가장 먼저 발견했다. 마치 마법에라도 걸린 모습이었다.

"괜찮아. 오히려 좋은걸? 그런데 그로테!"

뼈다귀는 앙상해진 손끝을 그로테의 어깨 위에 얹었다.

"시간을 멈출 수 있다는 내 말, 거짓인 건 너도 알고 있었지?"

"아니. 난 한 번도 네 말을 의심해본 적이 없어. 넌 똑똑하니까."

사실 그로테도, 혹 난 쥐도 알고 있었다. 흐르는 시간을 멈출 수 있는 능력 따위 그 누구에게도 있지 않음을. 모두 주인과 영원히 원룸에서 살아갈 수 있다는 말 또한 언젠가 들통날 아름다운 거짓이라는 사실까지. 다들 알고 있지만 애써 모른 척해

온 진실이었다.

하지만 혹 난 쥐는 모두에게 희망을 주고 싶었다. 그게 썰물이 오는 시간에 위태롭게 서 있는 모래성과 같은 말이라 할지라도, 아주 잠시라도 그런 행복을 누릴 수 있게 해주고 싶었다.

"그런데 도대체 주인은 왜 갑자기 움직이게 된 거지? 죽은 사람이 다시 살아날 수 있어? 이건 과학적으로 설명이 안 돼."

"혹 난 쥐, 아니 뼈다귀야. 우리 이제 이런 생각은 잠시 접어두자. 너무 피곤해."

구급차가 도착했는지 붉은 불빛이 산발적으로 집 안을 침범하기 시작했다. 쥐들도, 인형들도 모두 기고 싶은 방향으로 떠났다. 인간의 시신까지 떠나고 나면 그로테와 뼈다귀도 정들었던 집을 떠나 새로운 시작을 할 생각이었다. 주인 없는, 또 서로가 없는 시간이 자신 없기는 했지만 시도해보기로 했다.

어디든 뼈다귀

누구나 경험하지 못한 삶에 대해서는 상상하기 어려운 법. 살덩어리가 없다는 게 이토록 편한 줄은 미처 몰랐지. 뭐, 당연한 말이려나? 가장 좋은 건 혹이 없다는 거야. 가득 들어찬 누런 고름 때문에 머리는 무겁고, 냄새는 또 얼마나 고약했는지…….

요즘 난 하루하루가 좋아. 자유롭고 평온해. 전에는 수많은 쥐와 인형들을 책임져야 한다는 생각에 이상한 결정도 내렸었지. 물론 이제 날 따르는 동료나 철학적 이야기를 나눌 친구가 없다는 게 조금 아쉽긴 해. 하지만 얻는 게 있으면 잃는 것도 있는 법이니까!

내가 자주 출몰하는 공간은 편의점이야. 매대 위 과자 봉지

들 사이에 숨어 있는 걸 가장 좋아하거든. 뒤적거리며 과자를 고르던 인간들의 손이 어쩌다 내 뼈에 닿았을 때 화들짝 놀라는 걸 보면 얼마나 재미있는지. 하지만 사람들은 감히 내가 저지른 장난일 거라고는 생각도 못 하더라고.

나는 고도3동이라는 동네 어느 곳에도 갈 수 있어. 이동할 때나, 멈춰 있을 때나 아무도 날 신경 쓰지 않거든. 모두 내가 살아 있다거나 무슨 일을 벌였을 거라고는 상상할 수 없기 때문이겠지?

그래서 나는 있는데 없고, 없는데 있는 거야. 존재론적으로 따져볼 때 아주 복잡하달까. 단단하고 새하얀 뼈를 달그락거리며 동네를 마음껏 돌아다니면 하루가 금세 가버려. 중간중간 덤으로 인간들을 놀라게 하는 장난도 칠 수 있으니까 지루할 새가 없지. 이럴 줄 알았으면 일찌감치 살을 털어버릴 걸 그랬어. 하지만 뭐, 과거의 내 선택을 여전히 존중하고 있어. 언제나 옳은 선택만 할 수는 없다는 걸 나는 잘 알고 있거든.

역시 오늘도 바빠질 예정이야. 거대하고 멋진 자유가 날 기다리니까.

♥

기껏해야 인간 손만 한 크기의 몸. 점토로 대강 빚어놓은 듯

앙증맞은 머리뼈. 안쪽이 텅 비어 있어 가방 대용으로 사용할 수 있는 둥그런 갈비뼈. 그리고 가시처럼 자잘하지만 섬세하게 이어져 있는 탓에 곡선의 유려한 움직임을 만들어낼 수 있는 꼬리뼈까지.

"오늘도 나쁘지 않군."

뼈다귀의 모습을 비춰볼 수 있는 거울은 고도3동에 널리고 널렸다. 대형 폐기물 신고를 하지 않아서 오래도록 그 자리에 서 있던 금 간 유리, 옥상의 빗물을 모아 아래로 쏟아버리는 매끈한 철제 관, 어느 집의 투명한 공동 현관까지.

뼈다귀의 하루는 언제나 외모 점검과 함께 시작되었다. 전보다 가벼워진 턱과 몸이 참으로 마음에 들었는데, 보고 또 봐도 멋있다는 게 이유였다.

보통은 인간들이 많이 지나는 공간을 거닐거나 기어다니는 걸 선호하는 뼈다귀였다. 하지만 어느 날의 선택은 특이하다 못해 별나기까지 했다. 주택가 중심에 있어 낮이고 밤이고 고요한 놀이터를 활동 장소로 선택한 때가 바로 그런 날이었다.

원래 아이들의 웃음소리로 시끌벅적한 게 놀이터의 속성이다. 하지만 최근 고도3동에서는 어린애가 돌아다니는 걸 본 적이 없었다. 그러니 놀이터를 찾는 사람이라고는 불량 청소년과 노인뿐이었다.

물론 이렇게 하찮고 별 볼 일 없는 놀이터에도 종종 뼈다귀의 사랑을 받는 놀이기구가 있었으니, 바로 그네였다. 바람이 불면 삐걱 소리를 내며 살짝씩 흔들리는 그것은, 뼈다귀에게 그야말로 최고의 해먹이 되어주었다. 물론 그 위에 누워 정신을 놓고 있다가 갑자기 세게 분 바람에 바닥으로 떨어진 적도 한두 번이 아니긴 했지만.

겨울치고는 나름 햇살이 강한 오전. 뼈다귀는 역시나 여유로웠다. 머리부터 꼬리까지 건어물 말리듯 쫙 늘어놓고 휴식을 취하는 일은, 예전이라면 생각도 시도도 해볼 수 없었다. 하지만 얼마 안 가 평온이 깨져버렸다. 수상한 인간이 놀이터에 발을 내디뎠기 때문이다.

"여기는 좀…… 그런가?"

검정 패딩으로 온몸이 가려져 있었고, 모자 때문에 얼굴도 보이지 않았다. 한 손으로는 체크무늬를 한 반원 모양의 가방을 들었는데, 그 때문에 몸이 한쪽으로 기울어 있었다. 불안함의 냄새를 폴폴 풍기던 인간은 뼈다귀가 누워 있는 그네 쪽으로 다가가다가 멈춰 섰다. 그러더니 이리저리 고개를 돌려 살피고는 놀이터 구석의 먼지 쌓인 벤치로 다가갔다.

"로얄, 여기에서 기다려."

남자는 들고 온 괴상한 가방을 나무 벤치 아래 깊숙이 밀어넣었다. 그러고는 순식간에 일어서서 누가 잡을세라 도망쳐버렸다.

"뭐야, 왜 저러는 거야?"

뼈다귀는 그네에서 내려가 벤치로 뛰어갔다. 네발을 사용해서 치타처럼 달리니 금세 가방 앞에 다다랐다. 가방 앞쪽에 검은색의 그물망과 지퍼가 달려 있어 쉽게 열 수 있을 듯했다. 뼈다귀는 지퍼 손잡이를 이로 물고는 힘껏 당겼다. 그러고는 최선을 다해 조심스레 목을 쭈욱 빼서 안을 들여다봤다. 뭐가 들어 있는지 모르니 조심하는 게 상책이라고 생각했다.

"똑똑, 계십니까?"

그때 뼈다귀의 조심스러운 말에 화답하듯 안에서 으르렁거리는 소리가 들렸다. 웅웅, 낮게 울리는 소리. 분명 대단한 맹수의 것이 분명했다. 뼈다귀는 뾰족한 주둥이를 조금 더 들이밀었다. 눈 부위가 가방 입구를 지나치자마자 뼈다귀는 실망했다.

"뭐야, 고양이네?"

풍성한 갈기 같은 흰 털, 겁먹은 듯 커다랗고 까만 동공, 잔뜩 긴장한 듯 웅크린 모양새.

"너, 버려졌구나?"

뼈다귀가 목격한 것은 바로 고양이 유기 장면이었다. 보기 드문 광경은 아니었다.

♥

길거리에 고양이는 많다. 그것들은 무딘 인간들과는 예민함의 정도가 달랐다. 그래서 뼈다귀가 장난을 칠 줄 알고 생각도 할 수 있다는 점을 귀신같이 알아차렸다. 덕분에 솜방망이에 여러 번 맞아보기도 했고 탈구된 적도 있었다. 고양이들은 그리 크지 않았지만 힘은 대단히 셌다. 제자리에서 벗어난 뼈를 맞추느라 얼마나 고생했는지. 그런 경험 덕분에 뼈다귀는 만약의 사태를 대비해 가방에서 조금 멀리 떨어져 있었다.

하지만 아무리 기다려봐도 가방 안에 있는 고양이는 나올 생각이 없어 보였다. 얼마나 기다렸는지, 뼈다귀의 몸을 꼿꼿하게 만들었던 긴장감도 풀려버렸다.

"안 나올 거야?"

가방 속을 다시 들여다보아도 고양이는 그대로였다. 몸을 동그랗게 말고 있을 뿐 뼈다귀의 말에 대답할 생각도 없어 보였다.

"혹시 귀가 안 들리는 건가? 하긴 보통 인간들이 아픈 고양이를 버리긴 하니까."

"들리니까 제발 그만 닥쳐."

뼈다귀는 고개를 절레절레 내저었다. 많은 골목을 돌아다니면서 유순한 고양이는 만나본 적이 없었다. 어쩌면 뼈다귀가 원래는 쥐였음을 눈치챘을지도 몰랐다.

"역시, 난 고양이랑은 안 맞아."

"다 들리거든."

뼈다귀는 고양이들을 보면 호기심이 일었다. 꼬리가 너무 풍성하고 예뻐 보여서 살짝 깨물어보기도 했었다. 고양이들은 햇빛이 비치는 따뜻한 자리를 정말 잘 알고 있었다. 그래서 내리쬐는 햇살을 공유하려 잠자는 고양이를 침대 삼아본 적도 있다. 어쨌든 뼈다귀의 모든 행동에는 이유가 있었고, 고양이들을 괴롭히거나 귀찮게 하려는 의도는 단 한 톨도 없었다.

하지만 고양이들은 그 어떤 일에도 역정을 냈다. 물론 그럴 수 있었다. 거리의 삶은 거칠지 않으면 살아남을 수 없으니까. 쓰레기봉투를 뜯어 먹으면서 사는 것 또한 노하우가 있어야 했다. 배고프다고 아무거나 주워 먹었다가는 탈이 나 금방 죽어버리기 마련이었다. 그러므로 먹을 수 있는 것과 없는 것을 구분할 줄 아는 능력은 필수로 가지고 있어야 했다. 심심풀이로 고양이를 괴롭히는 인간들도 있으니, 주변을 항상 경계하는 것 또한 길고양이들의 필수 덕목이었다.

하지만 뼈다귀가 생각하기에 집고양이는 그렇게 예민할 필요가 없었다. 주인이 주는 밥, 주인이 제공하는 집, 따뜻한 보일러와 시원한 에어컨이 그들에겐 있었다. 그러니 뼈다귀가 생각했을 때 집고양이들의 습성은 길고양이의 그것과는 달라야 했다.

호기심과 약간의 동정으로 버려진 존재를 바라봤던 뼈다귀도 어느새 빈정 상했는지 뒤돌아버렸다.

"마음대로 해. 나도 신경 안 쓸 테니까."

하지만 방향을 틀어 놀이터 입구를 보는 순간, 뼈다귀는 굳어버렸다. 터줏대감 고양이가 흥미로운 표정으로 노란 눈을 반짝이고 있었다.

'큰일이다. 저 친구랑 마주치면 뼈도 못 추릴 텐데.'

뼈다귀는 다급하게 가방 안을 바라봤다. 과연 싸울 수 있을까? 길 생활의 피로를 모두 담은 푸석한 검은 털과 영광의 흉터, 다른 고양이와의 싸움에서 단 한 번도 져본 적이 없다는 전설적인 길고양이! 선택해야 했다. 고양이를 두고 도망갈지, 아니면 함께할지를.

"이런."

뼈다귀는 결심했었다. 주제넘은 행동 따위 하지 않겠다고. 다시는 누군가의 삶을 책임지겠다는 말도 안 되는 다짐 같은 건 마음속에 품지 않을 거라고. 하지만 뼈다귀가 실험용 쥐인 래트로 태어나기로 결정할 수 없었듯, 이 세상으로 올 때 가져온 천성이란 보따리는 바꿀 수가 없는 것이었다.

어쨌든 유기된 고양이를 처음 발견한 건 뼈다귀였다. 그러니 고양이가 다른 주인을 만나든 길 생활에 적응하든, 그동안 보살펴야 하는 존재는 뼈다귀여야 했다.

"나는 나를 못 말리겠어. 그게 문제야."

뼈다귀는 바로 마음먹었다. 당장 검은 고양이를 화나게 해서 제 쪽으로 모든 시선을 집중시키겠다고. 그러고는 꽁지 빠지게 도망가야 했다. 뼈다귀의 목표는 뼈가 분리되고 부서지는 게 아니라, 유기된 지 얼마 안 되어 어리숙한 고양이를 안전하게 지키는 것이었으니까.

"어이 거기, 검정색 멍청이!"

물론 뼈다귀의 목소리가 덜덜 떨리는 것까지는 어쩔 수 없었다.

♥

직진, 좌회전, 우회전. 다시 직진 후 우회전 그리고 좌회전. 꽁지 빠지게 달린다는 말은 아마 뼈다귀의 모습을 본뜬 게 아닌가 싶을 정도였다. 뼈다귀는 그렇게 아스팔트 위를 마치 초원인 것처럼 도망치고 또 도망쳤다.

물론 터줏대감 고양이를 너무 화나게 할 필요는 없었다. 속도 조절을 하며 살짝 잡힐 듯 멀어지는 게 포인트였다. 어차피 검은 고양이도 몸을 좀 풀고 싶었던 것이지, 뼈다귀를 해체하고 싶은 눈치는 아니었다.

추격전은 그렇게 꽤 오래갔고, 둘 다 이런 놀이가 시시해질 즈음 뼈다귀는 골목 어느 지점에 널브러져 쉴 수 있게 됐다. 정신 차려보니 꼬리 끝의 일부분이 없어져 뭉툭해져 있었다.

"너무 멀리 와버렸네."

주변을 돌아보니 와본 적 없는 골목이었다. 뼈다귀는 유기 고양이가 든 가방 문을 활짝 열어두고 왔다. 꽤 많은 시간이 지났으니 아마 뼈다귀가 놀이터로 돌아간다 한들 텅 빈 가방만 기다리고 있을지도 몰랐다. 어쩌면 다행히 어느 선량한 인간이 구조해 갔을지도 몰랐다. 하지만 그 어떤 가능성도 확신할 수 없으니 직접 확인해야 했다. 뼈다귀는 기진맥진해 마구 달그락거리는 뼈를 일으켜 세워 놀이터로 돌아갔다.

입구에 다다르니 가방이 벤치 밑에 여전히 자리를 지키고 있었다. 네발로 살금살금 다가가 쏙, 뾰족한 주둥이를 집어넣었다. 퍽, 하고 날아온 것은 고양이의 발이었다. 고개가 살짝 돌아간 뼈다귀는 머리뼈를 다시 맞추며 한숨을 내쉬었다.

"인사는 그렇게 하는 게 아니야. 너의 주인이 뭘 어떻게 가르쳐줬는지 모르겠다, 나는."

뼈다귀는 고개를 절레절레 흔들었다. 도대체가 고마움도 모르고, 감사를 표현할 줄도 모르는 고양이를 어떻게 해야 좋단 말인가.

"가자, 고양이. 여기 있으면 안 돼. 아까도 봤겠지만 동네 고양이들이 언제나 이곳을 주시하고 있거든. 계속 고집부리고 있어봤자 해코지만 당할 게 뻔해."

고양이에게선 아무런 대답이 없었다. 여지껏 뼈다귀의 모든 물음과 행동에 대한 답은 "닥쳐" 또는 날아오는 주먹뿐이었다. 뼈다귀도 언제까지나 참고 버틸 수 있는 성인군자가 아니었다. 그리고 살을 모두 날려버린 이후로는 자유롭게 살아왔다. 굳이 흔하디흔한 고양이 한 마리를 지키겠다고 하루를 통째로 기부할 필요는 없었다.

"진짜 마지막으로 하는 말이야. 나랑 가든가 여기 남든가, 선택해."

"엄마가 여기에서 기다리랬어."

"그걸 믿는다고? 너 바보야?"

순간 뼈다귀는 아무런 고민 없이 뱉어버린 자신의 단어가 만들어낸 결과물을 보고 후회했다. 고양이의 표정, 수염, 눈빛이 모든 것을 말해줬다. 희고 북실거리는 털을 가진 동물은 분명 알고 있었다. 주인이 자신을 버렸다는 사실과 다시는 돌아오지 않을 거라는 진실까지. 어쩌면 며칠 전부터 예감하고 있었는지도 몰랐다.

"미안해. 말이 심했다. 사과할게."

주인의 죽음을 인정하지 못하던 과거를 가진 뼈다귀였다. 유기묘의 마음을 이해하지 못할 것도 없었다. 그래서 더더욱 뼈다귀는 고양이를 두고 돌아설 수 없었다.

"그러면 이렇게 하자. 내가 조용하고 안전한 장소를 알아. 거기 가서 잠을 자고 내일 다시 여기 와보는 거야. 그리고 여기에서 너희 주인을 함께 기다려보자."

고양이는 제 몸에 꼭 맞는 가방 안에서 엉거주춤하게 일어섰다. 그러고는 앞발을 살짝 내디뎠다가 다시 후퇴했다. 그러다 다시 다른 쪽 앞발을 내디디고는 또 멈췄다.

뼈다귀에게 그런 기다림쯤이야 아무것도 아니었다. 그로테가 사라지고 절친한 친구를 기다리던 매일매일, 들려오는 소문을 애써 무시하고 그의 생존만을 바랐던 날들보다 길게 느껴질 시간은 없을 테니까.

고양이는 간신히 앞발을 가방 바깥으로 빼내는 데 성공했다. 그러고는 불안한 듯 커다랗고 동그란 눈을 굴려 놀이터 구석구석을 바라봤다. 마치 다음 날이 되어도 이곳에 돌아올 일은 없을 테니 마지막으로 기억에 저장하려는 듯 꼼꼼했다.

인간이 놀이터로 걸어 들어왔을 때 그의 주머니 안에서 잘그락거리던 차 키 소리를 뼈다귀는 기억하고 있었다. 그와 가장 가까이에 있던 고양이가 그 사실을 모를 리 없었다.

인간은 차를 타고 이 먼 곳까지 왔다. 다시는 고양이가 집으로 돌아오지 못하게 하려고. 차 안에서 고양이가 어떤 마음이었을지 뼈다귀는 감히 상상도 할 수 없었다. 동물들의 감각은 때로 너무 쓸데없이 뛰어나다. 너무나 뛰어나서 어떨 때는 서러울 정도였다.

♥

관심받기 정말 좋아하는 뼈다귀지만, 고양이를 위해 사람과 동물이 없는 길만 골랐다. 사람들은 길 한복판에 떨어져 있는 뼈다귀 따위는 신경도 쓰지 않았다. 하지만 고양이는 달랐다. 만약 고양이를 사랑하는 사람과 마주친다면 그다지 큰 문제가 일어날 리는 없다. 문제는 고양이를 증오하는 사람과의 예기치 못한 만남이었다. 그러니 애초에 가능성을 만들지 않는 게, 뼈다귀가 보기에는 현명한 방법이었다.

불안해서 도무지 속도를 내지 못하는 고양이를 어르고 달래서 도착한 곳은 얼마 전에 불이 난 단층집이었다. 이제 아무도 살지 않았으며, 재 냄새 때문에 다른 동물들도 그다지 좋아하지 않는 곳이었다. 바람이 불면 떨어지다 만 대문이 아슬아슬하게 움직였는데, 끼익거리는 소리는 절대 나지 않았다. 불타지 않아 성성한 문턱을 넘어 얼마 되지 않는 현관 앞 공간에 뼈다귀와 고양이가 들어섰다.

"배는 안 고프니?"

뼈다귀는 여기저기 타다 만 쓰레기를 한데 모아 고양이만을 위한 조악한 보금자리를 만들었다. 털, 살 그리고 피가 있는 생명체라면 주변 환경이 꽤 중요했다. 뼈다귀도 쥐였을 적에는 포근한 잠자리를 참 좋아했었다.

고양이도 기다렸다는 듯 엉성한 방석 위로 뛰어올랐다. 그러고는 바깥으로 나온 뒤로는 하지 못했던 털 관리를 하기 시작했다. 뼈다귀는 그 앞의 맨바닥에 털썩 드러누웠다.

버려진 고양이들에게 펼쳐지는 미래는 하나같이 비슷했다. 죽는 것. 굶어 죽거나 맞아 죽거나. 과정이 어찌 되었든 상관없이 결과는 모두 죽음이었다. 인간들은 이토록 무능력한 맹수들이 제 먹이 하나 찾을 수 있을 거라 착각했을까? 어찌 되었건 살아가기 위해 억척스럽게, 대단한 모험을 견뎌나갈 거라고 생각했을까? 아니, 그건 동물을 쉽게 유기한 인간 자신을 위한 거짓일 뿐이었다.

"쯧쯧. 불쌍해라."

뼈다귀의 동정 섞인 언행 때문인지, 털 뭉치 고양이가 갑자기 우웅 하고 이상한 소리를 내며 으르렁거렸다.

"미안! 실언이었어."

하지만 고양이의 시선은 뼈다귀를 향해 있지 않았다. 다급한 마음에 앞발 뼈를 휘젓던 뼈다귀가 고양이의 눈을 따라 대문 쪽을 봤다. 무언가 가까이에서 서성이는 듯, 바깥에서 안쪽으로 침범하던 자연광이 흐려졌다 짙어지기를 반복했다.

순간 바람이 불어 들어오자 고약한 냄새가 코를 찔렀다. 곧 바스락거리는 소리와 함께 문틈 안쪽으로 무언가 고개를 내밀었다. 그것은 머리통이었다. 하지만 도대체 어떤 동물의 두상인지 알아볼 수 없었다. 물에 젖은 낙엽이 치덕치덕 붙어서 도대체 뭐가 어떻게 생겼는지 가늠이 되지 않았다.

"말도 안 돼! 저건 낙엽 괴물이야."

그렇다, 낙엽 괴물! 길거리에 사는 동물이라면 한 번씩은 마주쳐봤다는 괴생물체. 특히나 인간의 손을 탄 동물들을 더욱 적극적으로 공격하는 놈이었다.

뼈다귀는 단 한 번도 낙엽 괴물을 직접 본 적이 없었다. 그래서 더더욱 실제로 보고 싶었다. 자신만큼 괴상한 것을 만나면 얼마나 짜릿할까, 그런 마음이 솟아났기 때문이다. 하지만 고양이를 지켜야 하는 중대한 임무를 맡은 상황에서 마주하고 싶지는 않았다. 게다가 낙엽 괴물의 얼굴이고 표정이고 보이지는 않았지만, 그것으로부터 뿜어져 나오는 적개심은 느낄 수 있었다.

상황은 점점 심각해지고 있었다. 그것은 인간의 냄새를 여전히 잔뜩 묻힌 고양이를 향해서만 관심을 가졌다. 그러고는 대문을 넘어 안쪽으로 몸을 들이밀었다. 꿈틀거릴 때마다 참을 수 없는 썩은 내가 요동쳤다.

♥

　붉은 단풍잎, 노란 은행잎 그리고 커다란 플라타너스 이파리까지. 철 지난 낙엽들이 군데군데 장식하듯 붙어 있는 몸은 끝도 없이 길었다. 씩씩대고 쿵쿵대는 콧소리를 내며 머리라고 예상되는 부위를 이리저리 휘적거리는 모습이, 냄새로 살아 있는 것들을 찾아내는 듯했다.

　머지않아 낙엽 괴물은 고양이를 감지해냈다. 핏기 없는 아가리가 벌어지더니 안쪽에 자리 잡은 뾰족한 송곳니가 드러났다. 방금 간 칼날처럼 반짝거리는 이로 무엇이든 찢어버릴 수 있을 것 같았다. 물론 그 앞에서 고양이는 잔뜩 겁먹은 채 아무것도 하지 못했다.

　"안 돼!"

　뼈다귀는 단 한 치의 망설임도 없이 낙엽 괴물에게 달려들었다.

　어쨌든 뼈다귀는 고양이를 책임지기로 했다. 자신을 따라오면 안심하고 쉴 수 있다고 이야기해주었다. 뼈다귀는 제가 뱉은 말은 꼭 지켰다. 제아무리 무시무시한 소문이 자자한 낙엽 괴물이라고 해도 뼈다귀의 일에 훼방을 놓을 수는 없었다.

　"별 볼 일 없는 것 같으니라고. 고양이가 불쌍하잖아!"

　바닥에서 용수철처럼 튀어 올라 낙엽 괴물 몸에 달라붙은 뼈다귀는 뾰족한 주둥이로 표면에 붙은 낙엽을 파헤쳤다. 그리고 살이 드러나자 이빨을 박아 넣었다. 그런데 맙소사! 단단한 두 개의 이빨이 살 속에 들어가지 않았다. 쥐의 이가 이토록 무력해진 건, 난생처음이었다. 그렇다면 빠른 시간 안에 약점을 찾아야 했다. 살아 있기에 가질 수밖에 없는 약점을.

예상과는 다르게 흘러가는 난잡한 상황 속에서도 뼈다귀는 끊임없이 머리를 굴렸다. 최선을 다해 이리저리 이빨을 들이밀어보았지만 결과는 같았다. 다행히도 고양이는 재빠른 편이라 이리 뛰고 저리 뛰며 낙엽 괴물의 공격을 피해내고 있었다. 하지만 모든 깃이 시간문제였다. 그래봤자 낙엽 괴물은 결국 고양이의 목덜미를 물어서 찢어버릴 테니까. 빠른 시간 안에 이런 말도 안 되는 싸움을 끝내야만 했다.

보통 짐승들의 약점은 몸의 위쪽보다는 아래쪽에 있었다. 배, 생식기와 목 같은 부분이 그랬다. 뼈다귀는 낙엽 괴물의 표면을 마구 꼬집어가며 몸통의 아래로 내려갔다. 그러고는 조금 전 그랬듯 또 한 번 주둥이로 낙엽을 헤치고 살로 추정되는 부분을 이빨로 깨물었다.

"끼이이익!"

몇 년 정도 손질하지 않아 잔뜩 망가진 손톱 끝으로 쇠 표면을 긁어대는 듯한 기분 나쁜 소리를 신호로, 낙엽 괴물의 몸이 공중으로 솟아올랐다. 뼈다귀는 네발로 낙엽 괴물의 표면을 꽉 붙들었다. 곧 거대한 괴물의 몸뚱이가 바닥과 맞닿았을 때, 뼈다귀는 튕겨 나갔다. 예상치 못한 타격에 낙엽 괴물은 대문 밖으로 줄행랑쳤다.

"온몸이 부서질 것 같아."

바닥에 떨어진 뼈다귀에게 고양이가 헐레벌떡 다가왔다. 그러고는 코를 대고 냄새를 맡았다.

"고양이, 괜찮니?"

"멀쩡해."

"다행이네."

뻗어 있던 몸을 간신히 일으키는 와중에, 충격받은 머리뼈가 덜그럭거리다 떨어질 뻔했다. 다행히 부서지지는 않았으니 그걸로 만족하는 뼈다귀였다.

고양이의 보금자리는 어느새 난장판이 되어 있었다. 흩어진 솜과 천 조각 사이로 피가 방울방울 떨어진 게 보였다. 뼈다귀는 고양이 털에 파묻힐 법한 자세로 여기저기를 살폈다.

"진짜 괜찮은 거 맞아?"

"응, 진짜라니까. 내가 아픈 것도 모르는 바보일까 봐?"

그렇다면 떨어진 피는 낙엽 괴물의 것이 분명했다.

"하, 웃겨. 낙엽 괴물도 별거 아니잖아?"

뼈다귀는 잠시 뿌듯해했지만 외면할 수 없는 커다란 문제가 생겼음을 직시했다.

고양이를 위해 가장 조용하고 안전한 장소를 골랐다. 하지만 결국 공격을 받았다. 이제 어디로 가야 할지, 뼈다귀는 고민스러워졌다.

♥

눈을 떴다. 물론 뼈다귀에게는 눈 주변 근육도 없고 눈알도 없었다. 그러니 정신이 번쩍 들었다는 게 더 맞는 말이었다. 뼈다귀의 주위는 포근하고 보드라웠다. 곡식 특유의 고소한 냄새도 났다.

"머리가 깨질 것 같아. 아, 혹시 진짜 깨졌나?"

추락의 충격 때문인지 계속해서 머리통이 지끈거렸다. 그렇지만 뼈다귀는 보호해야 할 동물을 데리고 있었다. 다시 한번 힘을 내 완전히 뻗어 있던 몸을 일으키고 네발을 천천히 땅에 디뎠다. 그런데 뼈다귀의 발에 닿은 건 시멘트로 마감한 흔한 길바닥이 아니었다. 천천히 주위를 둘러보다 뚱한 표정의 고양이와 눈이 마주쳤다.

"찬 바닥에 쓰러져 자길래 입으로 물어다 내 꼬리 위에 놨어. 그렇게 자면 입 돌아간댔거든. 그리고 너 머리에 금 갔어."

고양이는 제 할 말을 다 끝내고는 다시 웅크렸다. 차디찬 시멘트 바닥 위에서 눈만 끔벅이는 고양이의 얼굴은 그래도 전보다 안정돼 보였다. 작아진 동공, 빨갛기보다는 분홍빛에 가까운 코. 그럼에도 얼굴 전면에 드리운 그늘은 어쩔 수 없었다. 뼈다귀는 무언가 새로운 일을 벌여야겠다고 다짐했다. 금 간 두개골을 위해서라도, 우울한 고양이의 기분을 다시 살리기 위해서라도.

"그런데 내가 너를 뭐라고 불러야 할까?"

"로얄."

짧은 대답이었으나 내내 성질만 내던 목소리는 아니었다. 혼신을 다해 낙엽 괴물을 쫓아내려던 뼈다귀의 모습이 대단한 효과를 낸 게 분명했다.

"그건 널 버린 인간이 지어준 이름이잖아. 다른 이름이 필요할 것 같은데? 나는 뼈다귀야. 뼈다귀라고 부르면 돼."

고양이는 답이 없었다. 사실 뼈다귀가 무슨 말을 하든 별로 관심도 없어 보였다. 다만 짜증을 낸다거나 경계하는 모습만 사라졌을 뿐.

"알았다, 알았어. 식사나 하자고."

뼈다귀는 움직여야 했다. 하지만 도대체 무엇을 가져다줄 수 있을지 의문이었다. 영업을 중단한 치킨집에서 기어 나오던 새카맣고 통통한 벌레들? 음식물 쓰레기봉투를 뒤져내 간신히 얻은 닭강정 한 조각?

별의별 소리가 나고 말도 안 되는 일이 자주 벌어지는 게 바로 인간들의 공간이었다. 사람도 많고 동물도 많으며 벌레도 많았다. 고양이처럼 내내 시무룩하게 제 먹이를 찾을 생각도 없이 있다가는 죽기 십상이었다.

"넌 어쩔 수 없이 돌아가야겠구나. 내가 괜찮은 인간들을 한번 알아볼게."

그래, 아무리 생각해도 그 방법뿐이었다. 거리는 집고양이에게 너무 춥고 위험하며 불결했다. 하지만 동시에 다른 마음도 들었다. 고양이가 유기되고 나서 뼈다귀를 만난 시간이 평생의 기억에서 마냥 암흑으로 존재하지는 않기를 바랐다. 그렇다면 모험을 만들어야 했다. 과정은 짜릿하고 즐거우며 결과는 당연히 행복해야 했다. 꾸벅꾸벅 졸고 있는 흰 털 뭉치 같은 고양이의 옆구리에 기댄 채 뼈다귀는 속삭였다.

"너는 버려진 게 아니야. 아주 잠시 새로운 모험을 할 기회를 얻은 것뿐이야."

뼈다귀는 꽤 괜찮게 느껴질 만한 경험을 고양이에게 선물할 생각이었다. 일 만들기와 사고 치기에는 자신 있는 뼈다귀였으니까. 그러려면 일단은 고양이가 힘을 낼 수 있게 해주어야 했다.

"자, 집 안으로 들어가자."

잠에서 막 깬 고양이는 구시렁대지도 않고 뼈다귀가 이끄는 대로 발을 옮겼다. 화재로 까맣게 탄 흔적은 보기 싫었지만, 고양이 한 마리쯤 숨을 공간은 여기저기 널린 듯 보였다.

"쉬고 있어. 밥을 좀 훔쳐 와볼게. 웬만하면 사료로."

♥

"일어나봐, 어서!"

고양이는 무거운 눈을 끔뻑거리다 간신히 떴다. 한쪽 문이 부서지기 직전의 싱크대 안쪽은 생각보다 아늑했다. 주위를 경계해야 하는데, 쉽지 않았다. 집에서는 누구에게 배를 보여주고 자도 안전했다. 고양이는 평생을 그렇게 살아왔다.

기지개를 켜고는 살금살금 걸어 나오자 고양이의 눈앞에 무언가 냄새나는 덩어리가 잔뜩 있었다. 뼈다귀는 어쩐지 신나고 설렌 듯 가만있지를 못했다.

"이제 로얄이라는 이름은 버려!"

털북숭이 발이 괴상한 냄새를 풍기고 있던 음식물 덩어리를 툭툭 쳤다. 어디에서 씻어 왔는지는 몰라도 붉은 양념이 제거된 치킨 조각, 부서진 육포 그리고 닭 요리를 하며 떼어낸 듯한 생닭 껍질이 마구 뒤엉켜 있었다.

"내가 생각해봤거든? 넌 이제 '흰털'이야. 그게 어울려!"

그러거나 말거나. 흰털은 세상에 태어난 후로 이토록 역겨운 모양을 한 음식을 수염에도 대본 적이 없었다. 맛없으면 먹지 않아도 괜찮았다. 사료는 언제나 가득 채워져 있었으니까. 흰털이 살아온 세상은 그랬다.

"먹어. 먹어야 살지. 너 계속 이렇게 고집 피우다가 굶어 죽는 게 소원이야?"

그럴 리 없지 않겠냐고 대꾸할 힘도 없는 흰털이 고개를 내밀어 냄새를 맡았다. 아무래도 구미가 당기지 않았다. 하지만 흰털도 알고 있었다. 주변의 상황은 처참하기 그지없었다. 흰털이 당분간 먹을 수 있는 음식이라고는 쓰레기뿐일 것이다.

"자, 먹고 힘을 내보자고."

흰털은 눈을 질끈 감고 입을 벌렸다. 향긋할 리 없는 음식 냄새는 무시하고 덩어리를 입에 넣고 삼켰다. 식도로 넘어간 고깃덩어리는 생각보다 나쁘지 않았다. 한 입 더 시도할 때는 눈을 떴다. 조금씩 깨작거리는 흰털을 보고 뿌듯해진 뼈다귀는 기다렸다는 듯 두 앞발을 들어 올리고 외쳤다.

"이제 우리는 재미있는 일을 하러 갈 거야."

그러자 흰털이 삼키려던 치킨 조각을 뱉어버리고는 털을 바짝 세우며 경계했다. 흰털에게는 아직 모든 게 낯설었다. 그 어떤 곳에도 제대로 적응할 수 없었는데 또 다른 공간으로 이동해야 한다니. 흰털의 머리로는 도무지 뼈다귀를 이해할 수 없었다. 어쩌면 머리에 금이 가서 괴상한 생각을 하게 된 게 아닐까, 걱정도 됐다.

"나는 못 가."

흰털이 나약한 소리를 했지만, 뼈다귀는 자신 있었다. 멋지게 낙엽 괴물을 쫓아냈으니 못 할 일은 없었다. 심지어 뼈만 남기 전까지는 많은 쥐와 인형을 통솔하던 대장이었다. 이 세상에 뼈다귀가 극복하지 못할 시련은 존재하지 않았다.

"가자!"

뼈다귀는 흰털에게 목적지를 말해줄 생각이 없었다. 그들의 종착지가 낙엽 괴물의 은신처라는 걸 알면, 흰털은 싱크대 안으로 들어가 절대 나오려 하지 않을 것이 분명했다. 뼈다귀의 머리는 이리저리를 살피고, 네발은 종종걸음으로 기어가 대문 바깥을 향했다. 그러고는 뒤돌아 흰털을 바라봤다.

"어서."

흰털 앞에 두 개의 선택지가 놓였다. 따라가거나 혼자 있거나. 따라가기는 정말 싫었다. 하지만 혼자 있는 건 더더욱 싫었다. 사실은 뼈다귀가 먹을 것을 찾으러 가겠다고 했을 때도 말리고 싶었다. 가지 말라고 떼쓰고 싶었다.

도시는 몹시 낯설었다. 너무 큰 소리와 강한 냄새 그리고 이상한 존재들까지. 하루도 되지 않은 시간 동안 흰털이 받아들일 수 있는 건 아무것도 없었다.

그사이 흰털의 시야에서 뼈다귀가 사라졌다. 흰털은 어쩔 수 없이 부랴부랴 움직여 대문 바깥으로 달려갔다.

그런 흰털의 모습을 본 뼈다귀는 어쩐지 새끼를 키워내는 부모의 마음을 알 것도 같았다. 가방에서 빠져나오는 것도 어려워했던 흰털은 애써서 불난 집까지 당도했다. 그리고 마침내 무시무시한 소문의 낙엽 괴물을 깨부수러 또다시 움직이고 있었다. 과연 인류사 이래로 가장 멋지고 감동적인 발전이 아닐 수 없었다.

뼈다귀는 땅바닥 깊숙하게 흘러 들어간 핏자국을 따라갔다. 그 뒤를, 잔뜩 겁먹었으나 믿을 구석이라고는 뼈다귀뿐인 흰털이 따라나섰다.

♥

주택가는 미로와 다를 게 없었다. 이리 얽히고 저리 얽혔는데 서로 달라붙지는 않아야 했다. 그러다 보니 여기저기 샛길이 생겼고, 잘만 하면 이 골목에서 저 골목으로 넘어갈 수도 있었다. 어쩌다 보니 뼈다귀처럼 모험을 떠나야 하는 이들에게는 흥미로운 구조가 되어버렸다.

머리통이 빠지기 직전까지 바닥만 보고 걷던 뼈다귀가 어느 순간 고개를 들었다. 점점이 이어진 핏방울의 흔적이 끊겼기 때문이다. 바로 앞에는 시멘트로 쌓아 올린 꽤 높은 담벼락이 있었고 그 앞 바닥은 엉망진창이었다. 중간에 폭탄이 숨겨져 있다고 해도 바로 알 수 없을 정도로 생활 쓰레기들이 널려 있었다.

"잠시만. 내가 먼저 가볼게."

뼈다귀는 주둥이로 쓰레기를 이리저리 헤치며 길을 만들었다. 다행히 쥐덫이나 매복하던 고양이 따위는 없었다. 그리고 담벼락 거의 앞에 다다랐을 때, 코끝으로 밀었던 고추장 통이 아래로 떨어지며 텅 소리를 냈다. 뚜껑 없는 네모난 하수구가 거기 있었다.

"아무래도 여기 같은데."

하수구 바로 앞 바닥까지 검붉은 피로 물들어 있었다. 바람이 불 듯 사뿐하게 기어간 뼈다귀는 하수구 아래쪽을 주의 깊게 들여다봤다. 바닥에는 더러운 물이 졸졸 흐르고 있었는데, 그건 통로가 있다는 뜻이었다. 흰털은 엉거주춤하게 서 있다가 뼈다귀가 내어놓은 길로 천천히 걸어 들어갔다. 그다지 내키지 않았으나 그렇다고 해서 가만히 있기도 뭐했다. 하지만 어느 정도 가까이 다가가자, 하수구가 내뿜는 냄새가 너무나 고약해 멈춰 서고 말았다.

"내가 먼저 들어가볼게. 위험한지 안전한지 보고 올 테니까 잠시 여기 있으라고."

처음부터 함께 들어갈 필요는 없었다. 무엇이든 뼈다귀가 먼저 알아보고 경험하기. 안전하다고 파악될 때만 흰털과 같이 나아가기. 그게 바로 뼈다귀가 스스로에게 안내한 계획이고 지켜야 할 규칙이었다. 괜히 흰털도 하수구 밑으로 들어갔다가 중간에 몸이 끼어버려서 오도 가도 못하게 된다면? 뼈다귀는 도대체가 그런 일을 감당하고 싶지 않았다.

뼈다귀는 네 개의 무릎을 구부렸다가 용수철처럼 뛰어 올라 하수구 아래로 뛰어들었다. 베이지 빛깔의 좁다랗고 긴 뒷발 두 개가 물을 만나 첨벙거렸다. 양쪽으로는 길이 쭉 뻗어 있었는데, 어디로 갈지는 고민할 필요도 없었다. 한쪽 통로에만 벽이고 바닥이고 듬성듬성 낙엽이 떨어져 있었기 때문이다. 길 끝으로 따라가면 낙엽 괴물의 은신처가 있을 테고, 마음 놓고 있는 틈을 타 격파하면 그만이었다.

낙엽 괴물은 매우 사나웠고, 흰털을 보자마자 비이성에 지배당한 생물체처럼 날뛰었다. 하지만 뼈다귀는 전혀 무섭지 않았다. 자신은 이미 살덩어리와 털을 떼어내며 한 번 죽은 존재였다. 더 이상 두려울 게 없었다. 그리고 낙엽 괴물에게도 분명 약점이 있었다.

"다녀올게."

뼈다귀는 머리를 들고 이야기했다. 하지만 위에서 쏟아져 내리는 창백한 햇빛 때문에 빼꼼히 고개를 내밀고 있는 고양이의 표정이 전혀 보이지 않았다.

"진짜 돌아올 거야. 난 거짓말 안 하니까."

그러고 뼈다귀는 고인 물을 튀기며 한쪽으로 달리기 시작했다. 뼈다귀의 뭉툭해진 꼬리 끝이 보이지 않을 때까지 흰털은 그 자리에 서 있었다. 심장이 마구 뛰는 게, 숨을 고를 수가 없었다. 그래도 흰털은 믿었다.

일 초, 이 초, 삼 초.

초조하게 기다리고 있기만 하면 될지, 아니면 망이라도 봐야 하는지 흰털이 안절부절못하는 찰나였다.

"으악!"

의심할 여지없이 뼈다귀 목소리였다. 그리 멀지 않은 곳에서 들려온 비명은, 무언가 잘못되었음을 흰털에게 알려주고 있었다.

♥

로얄, 나약한 집고양이로 태어났다. 일 년에 한 번은 예방접종을 하러 동물병원에 가야 했다. 한 달에 한 번은 기생충 예방을 위해 약을 발랐다. 매일매일 인간의 빗질이 필요한 희고 가느다란 털이 온몸을 덮고 있었다.

흰털이 된 로얄의 주위는 텅 비었다. 저처럼 버려진 쓰레기들만이 자리를 차지하고 있을 뿐이었다. 낡아빠진 매트리스, 촌스러운 무늬의 이불, 짝도 없이 덜렁 널브러져 있는 양말, 색이 바랜 과자 봉지까지. 모두 하나같이 쓸모를 다해 그 누구도 찾지 않는 물건이었다.

'로얄, 여기에서 기다려.'

'기다려. 기다려야 해. 그렇지. 기다리면 돼. 기다리기만 하면 되는 거야. 다른 생각은 하지 마. 기다려. 기다리는 게 너의 일이니까. 그래, 넌 기다려야지. 기다려, 로얄.'

기다리면 올까? 기다리고 기다리면, 다시 찾아줄까? 아니, 흰털도 알고 있었다. 버려지는 순간부터, 아니 그 며칠 전부터 직감할 수 있었다. 어쩐지 가방에 들어가기 싫었다. 하지만 알아도 달라지는 긴 없었다. 사랑스럽고 귀여울 뿐인 고양이 따위가 감히 인간의 결정을 거스를 방법은 없었다. 흰털은 닥쳐올 미래에 대해서도 알 수 있었다. 차가운 길바닥에서 천천히 식어가는 것.

흰털이 바꿀 수 있는 건 아무것도 없었다. 하지만 어쩌면, 약간의 희망을 품어보자면 뼈다귀 정도는 구할 수 있을지도 몰랐다. 그리고 결국 죽게 될 목숨이라면, 한 번쯤 멋지게 희생해보는 것도 나쁘지 않았다. 저 밑에 있는 건 낙엽 괴물이 분명했다. 뼈다귀가 말은 해주지 않아도 알 수 있었다. 흰털은 바보가 아니니까.

흰털의 보드라운 몸이 순식간에 하수구 아래로 다이빙하듯 떨어졌다. 한 번도 닿아본 적 없는 더러운 물이 발바닥을 적셔도 신경 쓰지 않았다. 털이 까매지고 서로 뭉쳐 엉망이 되는 것도 알 바 아니었다. 어디로 갈지 고민할 필요도 없었다. 흩뿌려진 피의 냄새와 젖은 채로 썩어가고 있는 낙엽 조각들이 흰털을 안내해주고 있었으니까.

이왕 시작한 거 끝장을 보자는 마음으로 흰털은 달렸다. 다른 것들에는 눈길 주지 않았다. 오직 뼈다귀와 낙엽 괴물, 그 둘만 바라보고 달려야 했다. 달려라 흰털, 죽음을 향해서.

"뼈다귀!"

흰털의 사랑 표현 방식은 박치기였다. 그럴 때마다 인간들은 고양이의 머리 힘이 참 세다고 감탄하곤 했다. 그래, 흰털의 머리는 단단했다. 그러니까 낙엽 괴물 따위는 흰털의 박치기를 감당할 수 없을 게 분명했다. 흰 색깔의 길고 얇은 털이 하수구 여기저기에서 나부끼다 축축한 벽에 달라붙었다. 저 끄트머리, 낙엽 괴물의 꿈틀거리는 모습이 보였다. 어두워서 확실하지는 않았지만 느낌만으로도 짐작할 수 있었다.

"나…… 낙엽!"

흰털의 머리통이 낙엽 괴물의 허리 쪽에 메다꽂혔다. 장대비가 내리는 것처럼 낙엽 괴물의 몸에서 떨어져 나간 낙엽들이 하수구 바닥에 자박하게 깔렸다. 공격당한 낙엽 괴물이 가만있을 리가 없었다. 그것은 다른 곳도 아니고 흰털의 연약한 목을 향해 시뻘건 아가리를 벌리고 송곳니를 내리꽂았다.

어리석은 흰털. 그는 일평생 그 어떤 것과도 싸워볼 일 따위는 없었다. 그러니 공격에 대해서 생각은 해봤어도, 방어를 해야 한다는 건 꿈에도 몰랐다. 흰털의 따끈하고 붉은 피가 흘러내리며 목덜미를 적셨다.

기다란 낙엽 괴물의 몸이 흰털의 전신을 감싸고 똬리를 틀기 시작했다.

'뼈다귀가 보이지 않아. 죽은 걸까. 제발 살아 있어야 해. 죽음은 내가 가져갈 테니까.'

흰털의 시야가 아득해졌다. 피가 얼마나 났는지 축축하지 않은 털이 없었다. 피비린내로 진동하는 지히 터널. 그리고 점점 무거워지던 흰털의 몸. 그래, 흰털은 이런 끝도 나쁘지 않다고 자신을 위로했다. 사실은 죽고 싶었으며, 버림받은 삶을 이겨낼 의지 같은 건 없었다고 스스로를 비하했다.

하지만 사실, 흰털은 살고 싶었다. 그 어떤 고양이보다도 더, 간절하게.

❤

뼈다귀 앞에 뼛조각이 보였다. 점점 흐릿하던 시선이 선명해지면서 그게 제 머리에서 나왔으리라는 아주 지당한 추측도 할 수 있게 되었다. 고개를 수그리고 앞발을 들어 쓰다듬어보니 두개골 일부에 구멍이 나 있었다. 대충 손가락 하나가 들어갈 정도의 깜찍한 크기였다. 완벽히 부서지지는 않았으니 다행이었다.

"휴, 두 번 죽을 뻔했네."

그런데 흐르는 물을 따라 뒹굴거리는 뼈 옆에 아주 고요하고 조심스럽게, 희디흰 것이 가라앉았다. 실 같기는 한데 그보다 훨씬 짧고 얇아 보였다. 고개를 쭉 빼보니 짐승의 털이었다.

"아, 흰털!"

정신을 번쩍 차리고 주변을 둘러봤다. 뼈다귀는 하수구로 내려온 뒤 조금 뛰다가 기다리고 있던 낙엽 괴물에게 기습을 당했다. 그것은 제 몸을 뼈다귀의 머리 쪽으로 몰아붙였다. 아주 집요한 움직임이었다. 아무래도 그 부분에 금이 가 있다는 사실을 아는 것 같았다.

그리고 뼈다귀는 기절했다. 일어나보니 흐르는 물에 피가 섞여 있었고 털이 나뒹굴었다. 뼈다귀가 세운 모든 계획이 박살났음을 실감하는 순간이었다. 이럴 수는 없었다. 지켜주고 용기를 주기 위해 데리고 왔던 것이지, 위험에 빠뜨릴 생각은 없었다.

"안 돼. 안 돼! 이건 아니야."

물은 저 안쪽에서부터 흘러오고 있었다. 피가 방울방울 섞이기 시작하는 곳까지 도달해야 했다. 그곳에 분명 흰털이 있을 테니까. 뼈다귀는 이제 부서지는 것 따위는 전혀 신경 쓰이지 않았다. 시작하기로 마음먹었다면 당연히 끝까지 책임져야 했다. 다른 누구의 손도 아닌 뼈다귀의 손으로, 직접.

탁, 착, 톡, 탁. 점점 속도가 붙는 뼈다귀의 발걸음이 표범만큼 빨라졌다. 터줏대감 고양이의 시선을 분산시키기 위해 달렸던 것보다도 더 대단한 속도였다.

"죽으면 안 돼. 그럴 리 없어. 흰털, 조금만 버텨줘."

달리고 달렸다. 어디선가 갑작스럽게 쏟아져 내린 오수에 잠시 휩쓸려도 정신을 똑바로 차리고 갈 길을 찾았다. 냄새나는 물이 뚝뚝 떨어지고 쓰레기가 뼈다귀의 길비뼈에 걸려 기지꼴이 되어도 신경 쓰지 않았다. 복잡한 하수도 속에서도 뼈다귀는 흰털의 흔적을 잘도 찾아갔다.

그리고 어느 순간, 밝은 햇빛이 뼈다귀를 내리비쳤다. 위를 올려다보니 격자무늬 덮개가 있는 하수구 입구였다. 틈새에는 무언가의 살덩어리 같아 보이는 붉은 것들과 부서진 낙엽 조각이 끼어 있었다.

"여기다."

하찮은 구멍 하나쯤이야 통과하는 건 뼈다귀에게 일도 아니었다. 껑충 뛰어 벽을 타고 올라가 관절을 미끄럽게 움직여서 하수구 바깥으로 나서는 데 성공했다. 도달한 곳은 어느 집의 앞마당이었다. 바닥은 시멘트로 깔끔하게 칠해져 있고 구석에는 수도와 붉은 고무 대야가 있는 평범한 집이었다. 대문 앞에는 빈 소주병이 줄지어 있었고, 청소용 락스는 뚜껑이 대강 덮인 채 쓰임을 기다리고 있었다.

뼈다귀가 서 있는 곳에서 조금 떨어진 구석에 낙엽 괴물이 웅크리고 있었다. 자꾸 움찔거리는 게 이상해 뼈다귀는 아주 조용히 다가갔다. 그것은 여전히 흰털을 품에 꽉 붙들고 꼬리를 씹고 있었다. 질겅질겅. 낙엽 괴물의 입이 벌어졌다 닫힐 때마다 붉은 피와 흰 털이 우수수 떨어졌다.

"가만두지 않겠어."

뼈다귀는 낙엽 괴물에게 달려들었다. 그것이 몸부림을 치며 꼬리로 뼈다귀를 저 멀리 쳐냈다. 데구루루 구르고 나자 뼈다귀의 머리에 난 금이 조금 더 깊어졌다. 하지만 상관없었다. 뼈다귀는 다시 일어서서 달려들었다. 그러나 낙엽 괴물은 뼈다귀에 비해 너무 컸고 힘도 훨씬 셌다. 하찮은 뼈 뭉치가 덤벼서 이길 수 있는 상대가 아니었다. 그것은 굶주린 괴물이었다.

낙엽 괴물은 뼈다귀가 성가신지 등을 돌리고 다시금 쩝쩝댔다. 뼈다귀는 불현듯 떠올랐다. 락스! 그게 해답이 되어줄 수 있을 것만 같았다. 뼈다귀는 엉금엉금 기어 대문 앞까지 다가갔다. 천천히 기어 올라가 엉성하게 덮여 있던 락스 뚜껑을 뽑아 마당 한구석으로 던져버렸다. 그러고는 최선을 다해 락스를 밀었다. 넘어지지 않게, 안에 있는 액체가 한 방울이라도 쏟아지지 않도록. 도대체가 싸움이 되지 않는다는 사실을 깨달은 낙엽 괴물은 뼈다귀가 무엇을 하든 신경도 쓰지 않았다.

곧 낙엽 괴물의 뒤에 락스 통이 바짝 다가섰다. 괴상한 냄새를 맡은 낙엽 괴물의 머리가 뒤돌아보는 순간, 뼈다귀는 통을 쓰러뜨렸다. 끼이이 하는 꺼림칙한 소리와 함께 낙엽 괴물의 몸이 녹아들어갔다. 뼈다귀는 다시 대문 앞으로 달려가 다른 락스 통을 끌고 왔다. 낙엽이 타들어가면서 연기를 내뿜었고, 괴물의 살덩어리와 함께 흘러내리기 시작했다. 뼈다귀는 다시 한번 락스를 들이부었다. 낙엽 괴물이 완전히 없어질 때까지 붓고 또 부었다.

얼마 후 눈을 뜰 듯 말 듯 하고 있는 흰털에게 다가갔다. 꼬리는 이미 반이나 잘려 있었다. 뼈다귀는 고양이의 몸과 시멘트 사이를 비집고 들어가 힘을 주었다. 빨리 동물병원으로 가야 했다. 흰털이 오래 버틸 수 있을 것 같지 않았다.

♥

"저게 뭐야? 고양이 아니야?"

동물병원 안에서 진료를 기다리던 한 보호자가 언성을 높이자 너도나도 유리창 가까이에 몰려들어 바깥을 봤다. 소란스러움에 접수를 도와주던 직원이 튀어 나가려던 순간부터였다.

모든 사람이 분주해졌고, 곧 원장이 나와 흰털을 품에 안고는 병원으로 들어갔다.

어떤 병원 앞에 흰털을 데려다둘지 고민하는 시간은 그리 오래 걸리지 않았다. 고도3동에 길고양이 사랑으로 유명한 병원이 한 군데 있었기 때문이다. 병원 근처에 주차된 바퀴 옆에서 모든 상황을 지켜보던 뼈다귀는 흰털이 사라지자 그제야 털썩 주저앉았다. 기진맥진한 상태라서 도저히 다리뼈에 힘이 들어가지 않았다. 머리도 깨졌고 갈비뼈도 여기저기 금이 갔고 또 부서졌다. 이 세상에서 사라져버릴 수 있을 만큼 힘이 들었다.

하지만 정신을 놓을 수는 없었다. 흰털의 새하얀 털이 새빨개져 있었다. 생사를 확인해야 하고, 잘 낫는지도 계속해서 봐야 했다. 분주한 동물병원, 그 누구도 창밖의 뼈다귀 따위에 신경 쓸 새가 없었다. 어쩌다 보게 되어도 더러운 오물이 묻은 장난감이라고 생각하거나, 그 자리에 무엇이 있는지도 모르고 지나쳐버렸다.

길에 드리우던 햇빛의 기운이 점점 사그라들고 그 자리를 가로등이 대신 메웠다. 흰빛을 내는 것과 약간 노란빛을 가진 것이 합쳐져 거리는 오묘한 색깔로 변했다. 뼈다귀는 동물병원 앞을 떠나지 않았다. 흰털이 살았는지 죽었는지, 꼬리는 괜찮은지 뼈다귀는 아무것도 알 수가 없었다.

병원은 8시에 문을 닫았다. 저녁 7시 50분, 병원의 모든 불이 꺼졌고 곧 마지막 남은 직원이 퇴근하려 문을 열었다. 문틈 사이로 뼈다귀는 쏜살같이 침입했다. 물론 그 어떤 사람도 뼈다귀의 존재를 눈치채지 못했다. 혹 나중에 CCTV를 통해서 침입자를 확인할 수도 있었다. 하지만 그건 어디까지나 먼 훗날의 일이었다.

아픈 강아지의 새근거리는 숨소리, 주인이 보고 싶은 고양이의 옹알거림이 들렸다. 데스크를 지나쳐 처치실로 들어서니 투명한 유리 상자가 차곡차곡 쌓인 모습의 반려동물 입원실이 보였다.

뼈다귀는 고개를 이리저리 돌려 흰색 털만을 찾았다. 오른쪽 구석, 처음 뼈다귀를 만났을 때처럼 잔뜩 웅크린 고양이가 보였다. 아직도 여기저기 피가 묻어 있어 얼룩덜룩했으며 꼬리에는 붕대를 칭칭 감고 있었다. 뼈다귀는 살금살금 다가가 유리창을 두 번 두들겼다.

흰털이 고개를 들었다.

"뼈다귀, 살아 있었구나."

이 꼴을 하고도 뼈다귀의 삶과 죽음에 대해 가장 먼저 묻는, 세상에서 제일 순진하고 순수한 짐승 때문에 뼈다귀의 억장이 무너질 뻔했다. 넌 날 미워해도 되잖아. 넌 지금 나를 탓해야 해. 하지만 뼈다귀는 아무 말도 할 수 없었다.

"다행이네. 나는 괜찮아. 꼬리가 반밖에 안 남기는 했는데 그
것 빼고는 다 괜찮대."

뼈다귀는 그 자리에 주저앉았다. 모두 흰털을 위해 시작한
일이었다. 하지만 하나부터 열까지 어쩜 이렇게 모두 꼬여버
렸는지. 원룸에 살던 때, 혹 난 쥐로 살면서 모두를 위험에 빠
뜨렸던 때와 달라진 게 없었다. 혹 난 쥐는 여전히 뼈다귀 안에
살아 숨 쉬고 있었다.

"뼈다귀야, 저기에 흰색 보드 마커가 있을 텐데 그걸로 여기
에 적어줘, 흰털이라고."

뼈다귀는 흰털이 시키는 대로 흰색 마커를 가지고 와 흰털
이 있는 유리 상자에 적었다.

이름: 흰털

"매일 보러 올게, 흰털."

뼈다귀는 전과 다른 삶을 살게 되리라고 믿었다. 하지만 이
제부터 햇볕 아래에서 편안히 일광욕할 수는 없게 될 것이다.
희망차고 가벼운 발걸음으로 산책하기도 어려울 게 뻔했다.
낙엽 괴물을 락스로 녹여버렸어도 어쩐지 마음속의 찝찝함은
날아가지 않았다. 원래 그런 괴물들은 쉽사리 사라질 줄 모르
는 족속이었다.

"내가 막겠어. 또 다른 흰털이 생기지 않도록."

흰털은 졸음이 몰려오는지 뼈다귀의 말을 경청하려다 고개를 툭 떨궜다. 뼈다귀는 소중한 털북숭이의 잠을 깨우지 않기 위해 조용한 몸짓으로 유리창 앞에 기댔다. 뼈다귀는 결심했다. 앞으로 낙엽 괴물 같은 것들을 만난다면 어떻게든 지켜내겠다고. 약하고 부드러운 것들을 보호하겠다고.

몸이 없다는 건 불편하다. 어떤 몸에 들어갈지 고민하는 것도, 그 몸에 들어가 마지막 소원을 들어주는 것도 성가신 일이다. 예전에는 그냥 엄마가 가져다주는 인형이랑 놀면서 하루를 보냈었다. 몸이 부서지더라도 엄마가 다시 뭉쳐주면 되니까 걱정도 없었다.

그런데 지금 나에게는 엄마가 없다. 어디로 갔을까? 나는 버림받은 걸까? 늘 지긋지긋하다고 말하던 나의 존재를, 엄마는 드디어 잊어버렸을까?

아무도 날 사랑하지 않는다. 다들 나를 미워하고 증오한다. 죽은 몸에 들어가서 그것들의 마지막 소원을 들어준다고 해도 결국 좋아지는 건 아무것도 없었다.

죽은 채 가만히 누워 있던 인간이지만 누군가를 향한 증오심이 나를 불렀다. 그 인간이 하고 싶다는 대로 다 해줬다. 아빠라는 인간을 납치했고, 그냥 죽여달라고 빌 정도로 고통스럽게 만들었다. 그렇게 해주었는데도 결국 그 인간은 나를 밀어냈다.

술로 만들기 위해 산 채로 껍질을 벗긴 뱀이 방황하던 나를 불렀다. 다 죽이고 부숴버리고 싶다길래 그렇게 해줬다. 그런데 다들 나를 보고 손가락질했다. 나쁘고 냄새나는 괴물이라고, 징그럽고 더럽다고 이야기했다.

나는 이 세상에서 사라져야 하는 존재 같다. 그렇지만 부서져버린 내 몸 하나도 다시 뭉쳐낼 수 없는 내가, 과연 이 세상을 떠나는 방법 같은 걸 알 수 있을까?

아무것도 모르겠다. 엄마가 보고 싶을 뿐이다.

♥

이것이 바로 녹슨 철의 냄새이며, 인간이 꾸려놓은 환경의 냄새구나.

지점토 인형이 그것을 깨달았을 때는 이미 새로운 몸에 들어간 상태였다. 두꺼운 발바닥, 빼곡한 검은 털 사이 가슴팍에는 우유를 뒤집어쓴 듯한 흰 털 그리고 축 처진 뱃살.

'곰이다!'

그랬다. 드디어 곰의 몸에 입장한 것이다. 하지만 안타깝게도 새 몸에 들어가면 언제나 적응의 시간이 필요했다. 세월이 흐를수록 컴퓨터의 부팅 속도는 빨라져도, 지점토 인형과 몸 간의 최적화 시간은 변할 줄 몰랐다.

껍질이 분리된 뱀의 기다란 몸에 들어갔을 때 지점토 인형은 곰이라는 동물을 처음 봤다. 그때 뱀은 따갑고 시린 온몸의 고통을 어떻게든 가려보려 창고로 간신히 기어갔었다. 사실 목적지가 있던 게 아니라 마구 발버둥 치다 보니 그렇게 흘러들어간 것이긴 했다. 하필이면 빛이 없는 탓에 바닥을 길 때마다 온몸이 탈 것처럼 쓰라렸다. 마침 눈앞에 산처럼 쌓인 낙엽이 보였다. 그 안으로 파고 들어가 구르고 또 굴렀다. 소시지를 핫도그 반죽에 굴리는 것처럼 꿈틀거리고 뒤척였다.

고통이 조금 해소되자 주변이 보이기 시작했다. 어둡고 습한 창고 구석에서 어떤 동물이 깊은숨을 몰아쉬고 있었다. 그건 곰이었다. 철창 안에 갇혀버린 거대한 반달가슴곰.

'커다랗고 멋진걸?'

지점토 인형은 언제나 그런 몸을 원했다. 대단하고 힘세 보이는 몸. 원래 치면 부서지고 깨지는 연약한 몸을 가졌던지라 더더욱 강인한 것에 자연스럽게 끌렸다. 가루가 된 후 빌린 몸들도 그래봤자 말라비틀어진 것뿐이었다.

하지만 그때 곰은 살아 있었다. 죽지 않은 것과는 합의를 볼 수 없었기에 지점토는 곰이 빨리 죽기를 바랐다. 곰은 마지막 소원을 이룰 수 있는 시간을 얻고, 지점토는 잠시라도 곰이 될 수 있으니 상부상조 아닌가?

그래서 지점토 인형은 뛸 듯이 기뻐졌다. 하지만 어깨와 팔은 단단히 뭉쳤는지 뻐근하고 몸 여기저기는 조금만 꿈지럭거리려도 바늘로 쑤시듯 고통스럽게 느껴졌다. 죽은 몸은 왜 하나같이 참을 수 없게 끔찍한 감각을 놓지 못하고 간직하는 나쁜 습관을 가졌는지.

철창에 등을 기댄 채 이리저리 둘러봤다. 곰의 위아래 그리고 양옆을 모두 가리고 있는 쇠막대기 때문에 시야가 환하지 못했다. 저번에 봤을 때 이 집에는 '마당집 남자'라고 불리는 중년의 남성이 살고 있었다. 그 인간이 뱀 껍질도 손수 벗겼고, 곰도 직접 사육하는 듯했다.

그 외에 알 수 있는 것은 없었으나 알려고 하지도 않았다. 당장 지점토 인형은 철창을 어떻게든 뜯어내고 바깥으로 나가야 했다. 인제 보니 앞쪽에 문짝 역할을 하는 철창은 자물쇠는커녕 고작 빨간 노끈으로 묶여 있었다. 으스스한 분위기와 어울리지 않게 깜찍한 리본으로 매듭이 지어져 있어 우습기도 했다. 곰의 힘이라면 충분히 끊어낼 수 있는 잠금장치였다.

양손으로 철창을 잡고 몇 번 당기고 밀자 녹슨 문짝이 바닥으로 힘없이 떨어져버렸다. 곰의 몸보다는 한참 작은 출입구였으나 빠져나가는 데는 문제가 없었다. 발바닥에 닿은 시멘트의 온도가 너무 차가웠다. 주변에는 각종 농기구가 여기저기 놓여 있었고, 길쭉한 유리병들도 나란히 줄지어 서 있었다.

가까이 다가가니 유리병 안에는 액체뿐만 아니라 꽤나 다양한 것이 들어 있었다. 개구리, 뱀, 지네, 잔뿌리가 자잘한 식물까지. 아주 예전에 지점토 인형은 동화책을 본 적 있었다. 검은 여자가 가져다준 책이었고, 글을 몰랐기에 정확한 내용은 알 수 없었다. 하지만 그림만으로도 알 수 있는 정보가 꽤 많았다.

동화에는 다양한 물약을 만드는 마녀가 나왔다. 그러니 마당집 남자는 일종의 마녀나 마법사일지도 몰랐다. 문제는 물약들이 그다지 좋은 용도로 쓰이지는 않았다는 점이다. 물론 지점토 인형은 좋고 나쁜 것을 구분할 줄 아는 능력이 없었다. 하지만 그림으로 그려진 인간들의 얼굴이 전부 찡그려져 있던 걸 보아, 아마 나쁘지 않았나 추측한 것이다.

곰 발바닥이 유리로 만들어진 담금주병을 하나하나 손으로 쳐서 엎어버렸다. 쨍그랑하는 소리와 함께 안에 담겨 있던 소주와 죽은 생물들이 시멘트 바닥 위로 널브러지며 자유를 찾았다.

곰이 된 지점토 인형은 유유히 떠날 준비를 마쳤다. 마침, 바깥에서는 아주 달콤한 냄새가 흘러 들어오고 있었다. 신이 나

힘이 솟는 앞발로 잠겨 있지도 않은 현관을 밀어버리고 뛰쳐
나갔다. 역시 커다란 몸은 너무너무 좋았다.

♥

죽은 몸들의 소원은 각자 달랐다. 하지만 비슷한 점도 있었
다. 동력을 얻고 힘이 되살아났음을 알게 되자마자 폭주한다
는 것이다. 저들이 원하는 방향으로 가고자 하는, 가지고 싶었
던 것을 손에 넣기 위해 타오르는 열정은 감히 지점토 인형도
막을 수 없었다. 그런데 곰이 경중거리며 네발로 뛰어간 방향
은 기껏해야 호떡을 파는 포장마차 근처였다.

지점토 인형은 제 커다란 몸을 숨기기 위해 최선을 다해야
했다. 사람들 눈에 띄어서 좋을게 없다는 것 정도는 알고 있었
다. 물론 건물 귀퉁이에 딱 달라붙어 고개만 대충 내밀고 있는
곰의 모습은 우습기 짝이 없겠지만.

기름에 지글지글 구워지고 있는 호떡. 그것에서 시선을 떼
지 못하는 것을 보니 곰이 마지막으로 하고 싶었던 일은 달달
한 음식을 입에 집어넣는 행위인 듯했다.

'기껏 다시 살아나서 하겠다는 일이 호떡 먹기라고?'

지점토 인형은 도무지 이해할 수가 없었다. 다시 한번 살아
볼 기회, 그건 엄청난 여유와 힘을 가져다주는 것이었다. 무언

가를 부수거나 누군가에게 복수하기 또한 식은 죽 먹기가 될 수 있었다. 호떡 먹기는 아무리 생각해도 하찮기 짝이 없었다.

하지만 중요한 건 그게 아니었다. 지점토 인형이 미처 몰랐던 게 있었으니, 바로 곰이라는 종은 겨울잠을 잔다는 과학적 사실이었다. 호떡 파는 할머니의 눈에 띄지 않게 간신히 육중한 몸을 숨기는 상태인데도 곰의 눈이 감기고 상체가 고꾸라지는 건 막을 수 없었다. 역시 완벽한 몸은 이 세상에 없었다.

그렇다고 해서 곰의 몸을 쉽게 포기할 수는 없었다. 게다가 한번 선택한 몸이라면 원하는 바를 달성할 때까지 나갈 수가 없었다. 그게 계약 조건이었다. 그렇다고 자살을 택할 수도 없었다. 이미 죽은 것들을 어떻게 또 죽인단 말인가.

큰길로 나가기 바로 전, 누군가 불법 투기해둔 찻상이 뒤집혀 있는 가로등 앞. 곰은 더는 서서 버티지 못하고 앉은 채 졸기 시작했다. 그러면 안 된다는 걸 모르지 않았지만 도저히 멈출 수가 없었다. 잠이 이토록 무섭고 무거운 존재였는지 지점토 인형은 처음 알았다.

길거리에서 숙면 취하기. 이게 위험하다는 걸 지점토 인형도 모르지 않았다. 하지만 도대체 몸이 말을 듣지 않는데 어쩌란 말인가. 만약 곰의 몸에 '죽음'을 불러일으킬 만한 고통과 통증이 다시 한번 가해진다면, 지점토 인형이 그 후에 어떻게 될지는 감히 상상할 수도 없었다.

아주 소멸해버릴 수도 있었다. 하지만 지점토 인형은 계속해서 살아 있어야 했다. 그게 엄마를 위한 일이기 때문이다. 엄마는 지점토 인형을 열심히, 최선을 다해 찾고 있을 게 분명했다. 한쪽 눈이 멀었으니 시간이 걸리는 게 이상한 일이 아니었다. 그러니 그때까지 지점토 인형은 몸을 빌려서 고도3동을 돌아다녀야 했다.

"여기 있는 건 자살행위야. 정말이야. 내 말 들리니?"

그때 곰의 발등이 간지러워졌다. 무언가 속살거리는 소리도 들렸다. 지점토 인형은 두껍고 커다란 손을 휙휙 내저어 앵앵거리는 모기를 쫓았다.

"네가 모를 수도 있겠지만, 너는 곰이거든. 그래서 여기 있으면 위험해."

무거운 눈꺼풀을 간신히 들었다. 발등 위에 무언가 아슬아슬하게 서 있었다.

"이것 참, 곤란하네."

지점토 인형은 순간 반가운 마음에 발등 위 인형을 들어 올려 이로 썹을 뻔했다. 그건 그로테였다! 물론 그로테는 제가 밟고 올라선 존재의 본질이 지점토 인형이라는 사실을 상상도 못 하겠지만.

"죽고 싶은 게 아니라면 따라와."

그로테는 여전히 팔이 네 개였고, 활발했다. 무엇이 달라졌는지 확신할 수는 없어도 이전보다 자유로워 보였다. 그로테는 네 개의 팔로 곰의 발을 꼬집어 잠을 깨우려 노력했다. 그러면서 최선을 다해 자꾸만 졸음에 빠지는 곰의 몸을 이끌었다.

그로테는 믿을 수 있는 인형이었다. 집에 있을 때 가장 재미있게 놀아줬던 좋은 친구였다. 새로운 친구들이 사라지고 다시 생겨나도, 지점토를 떠나지 않은 유일한 인형은 그로테뿐이었다.

♥

"여기로 들어가자."

친절한 말투였지만 네 개의 손은 있는 힘껏 야무지게 곰을 밀어 넣었다. 옥상 창고는 마치 곰을 예쁘게 포장해줄 커다란 상자 같았다.

"곰은 보통 총을 쏴서 죽이거든. 총알이 관통하면 아플 거야. 그러니까 대부분의 사람이 잠드는 새벽까지 조금만 견디자."

그로테는 지하부터 지상 그리고 꼭대기까지, 구석이란 구석은 다 꿰고 있었다. 도망치던 비루한 자신을 누군가 따라올까봐 늘 무서웠다. 그래서 손가락질하고 욕할 수 있는 모든 것들로부터 숨을 만한 곳을 찾아다녔다.

그중에서도 꽤 괜찮은 곳이 바로 옥상이었다. 모두의 머리를 내려다볼 수 있으니 불안했던 마음이 조금은 가라앉았다. 특히 몸을 숨길 창고가 있었기에 더더욱 안성맞춤이었다.

변기, 서랍, 책상 그리고 자전거. 생활 쓰레기가 잔뜩 욱여넣어져 있었으나 곰의 몸 하나 정도는 집어넣을 수 있을 만큼 넉넉했다. 유리창은 깨져 바람이 숭숭 들어오고, 작은 나무문은 경첩이 헐거워져 자꾸만 삐걱대며 비명을 질렀다. 여기저기 쌓인 먼지와 흙은 기관지를 아프게 만들었다. 그래도 어쩔 수 없었다. 애초에 선택지가 그리 많지 않았으니.

곰은 자꾸 졸면서도 깨어 있으려 안간힘을 썼다. 주위 공간이 익숙하지 않았고, 덕분에 편하게 느껴지지도 않았다. 그리고 아까 맡았던 호떡의 향긋한 기름내가 코끝에서 맴돌며 떨어져 나갈 줄을 몰랐다.

"그런데 너 엄청 말랐다. 몸에 있는 거라곤 뼈랑 가죽이랑 털뿐이야."

지점토 인형은 살면서 곰이라는 동물을 처음 마주했다. 그러니 곰이라는 생명체가 원래는 어떤 크기여야 하고, 어떻게 생겼으며, 어느 정도의 무게감을 가져야 하는지도 알 리 없었다. 하지만 박식한 그로테의 눈에 곰은 참으로 볼품없었다.

탈모인지 여기저기 검은 털이 숭숭 빠져나간 바람에 드러난 맨살, 축축 처진 가죽과 뼈가 드러날 정도로 앙상한 몸매. 물론 곰들이 겨울잠을 자면서 몸에 있는 영양소를 모두 사용하기에

봄이 되면 어느 정도 볼품없어진다는 것 정도는 그로테도 알고 있었다. 하지만 계절은 겨울이었다.

"넌 어디에서 왔니? 원래 곰은 이런 곳에 살지 않는다고 알고 있어서 묻는 거야. 다른 의도는 없어."

그로테는 도대체가 대답할 수 없는 질문만을 퍼부으며 곰이 절대 잠들지 못하게 했다. 하지만 화낼 수는 없었다. 지점토 인형은 그로테를 좋아하니까.

다시 시작하고 싶어졌다. 곰의 몸을 떠나서, 적어도 겨울잠은 자지 않는 동물의 몸으로 들어가기를 원했다. 게다가 엄마를 찾으려면 최선을 다해 돌아다녀야만 했다. 한곳에서 가만히 숨어 있어봤자 도움 되는 건 아무것도 없었다.

답답한 상황을 돌파하기 위해서는 호떡 하나만 손에 쥐면 됐다. 마가린에 풍덩 빠뜨려서 바싹하게 구운, 꿀이 줄줄 흐르는 따끈한 호떡 말이다. 하지만 문제는 한두 가지가 아니었다. 가장 먼저, 곰에게는 돈이 없었다. 만약 있다고 해도 인간 앞에 나타나서 내밀 수는 없는 노릇이었다.

어쩌면 그로테가 나타난 건 하늘이 내려준 일생일대의 기회인지도 몰랐다. 이렇게 작은 몸이라면, 호떡 한 장쯤 훔쳐 가도 인간은 모를 게 분명했다. 곰은 할 수 없지만, 인형은 할 수 있는 일. 그게 정답이었다.

"끄, 끄으, 끼이, 끽."

하지만 말이 나오지 않았다. 곰은 목소리라는 게 아예 존재하지 않는 듯 굴었다. 심지어 어떻게 된 일인지 아무리 외쳐도 마음속에서 되뇌는 소리가 그로테에게 닿지 않는 모양이었다.

"그래그래. 괜히 말하려고 힘들이지 마. 애쓰면 더 고통스러울 때도 있더라."

하지만 그때, 지점토 인형에게 꽤 좋은 생각이 떠올랐다. 무심하게 쌓여 있던 흙더미를 대충 다지고는, 길게 자라다 못해 끄트머리가 부서진 손톱 끝을 가져다 댔다. 그러고는 둥그런 호떡 모양을 그렸다.

"괜찮으니까 한숨 자. 내가 밤이 되면 깨워줄게."

하지만 곰의 모든 행위가 그로테에게는 쓸데없는 잠투정으로 보이는 듯했다. 지점토는 처음으로 소통의 어려움을 느꼈다. 세상에는 참으로 어려운 일이 끝없이 등장했다.

♥

지점토 인형은 포기하지 않았다. 덜덜 떨리는 손끝에 집중하며 작품을 만들어냈다. 그러다 다시 흩뜨리고는 호떡을 그렸다. 또 한번 지워버리고는 어떻게든 둥그런 호떡 모양을 표현해봤다.

"정말 미안해. 모르겠어."

그만둘 수도 있었지만, 지점토 인형은 계속해서 시도했다. 희망은 어디에서 발견될지 예측할 수 없었다. 그러니 시도를 멈추지 않는 수밖에.

"혹시."

그로테의 조심스러운 한마디에 죽은 곰의 심장이 되살아나는 것처럼 설렜다.

"호떡 이야기 하는 거야?"

행복, 충만함, 뿌듯함, 사랑! 모든 파스텔톤의 감정이 극단으로 치솟았다. 지점토 인형은 고개를 이리저리 뱅글뱅글 돌렸다. 역시, 그로테가 나타날 때부터 예감이 좋았다.

"생각해보니까 그렇네. 너 아까 호떡 보고 있었잖아. 곰이 달콤한 먹거리를 좋아한다고 들었거든. 그게 진짜였나 봐."

똑똑하고 세심한 그로테. 이러니 사랑할 수밖에 없었다.

"하나 가져다줄게. 할머니가 장사 준비하시는 걸 몇 번 봤는데, 항상 맨 밑에 깔아두는 못생긴 호떡을 먼저 만들어두더라고. 그걸 가져오면 괜찮을 거야."

그로테가 기우뚱거리는 문 사이로 빠져나가려 하자 지점토 인형도 엉덩이를 들썩였다. 다시 만난 그로테와 꼭 붙어 있고 싶었다. 그리고 가만히 앉아서 기다리는 건 그만하고 싶어졌다. 엄마의 눈에 시침핀이 꽂혔을 때, 지점토 인형은 서서히 다가오던 깔랑을 제지하지 못했다. 아니, 사실은 알고도 모른 척

했다. 지점토 인형은 제 마음을 몰랐다. 누군가 구원해주기를 기다려왔다는 것도 당연히 알 리 없었다. 어쨌든 예전처럼 무기력한 존재로 시간을 보내고 싶지는 않았다.

"네 몸이 너무 커서 금방 들킬 거야. 그리고 벌써 눈이 반이 나 감겼는데 어디를 가려고 그래."

하지만 그로테는 분명 좋은 해결책을 내줄 거라고, 지점토 인형은 믿어 의심치 않았다. 언제나 그래왔으니까.

처음 엄마가 그로테를 주워 온 날이었다. 그때도 첫 만남인 친구와 친해질 수 있는, 서로를 더 잘 알아갈 수 있을 만한 특별한 놀이를 하고 있었다. 지점토 인형은 성냥불로 그로테의 몸 여기저기에 검은 구멍을 냈다. 하지만 그로테는 제 차례가 왔을 때 아무것도 하지 않았다. 살려달라고 외치지도, 무서움에 떨지도 않았다. 그저 지점토 인형의 손바닥 위에서 가만히 누워 있었을 뿐이다.

신비함, 호기심 그리고 경이로움. 그게 그로테를 향한 감정이었다. 존재한 이래 창조자로부터 긍정적인 자극이나 관심 따위 받아본 적 없던 지점토 인형이었다. 사랑도 받아봐야 제대로 줄 수 있다고 했던가. 검은 여자가 홧김에 지점토 인형을 때려 부수고 다시 이어 붙여줬던 것처럼, 지점토 인형이 다른 인형들에게 줄 수 있는 종류의 애정도 그런 것들뿐이었다.

지점토 인형의 놀이 방법을 통하면 모든 인형이 지점토 인형에게만 관심을 집중했다. 그들이 지점토 인형을 무서워하고 싫어한다고 해도 상관없었다. 어쨌든 지점토 인형을 알아봐주기만 하면 충분했으니까.

하지만 그로테는 달랐다. 그때 지점토 인형은 처음으로 의심이라는 걸 해봤다. 자신의 존재, 행동, 생활, 표정, 모습까지를. 단 한 번도 자신에게 질문 같은 건 던져본 적 없는 지점토 인형이었다. 하지만 그로테는 익숙한 길로만 달리던 지점토 인형의 방향을 틀어주었다. 한 번이 어려웠지 두 번은 쉬웠다. 이제까지 발 디뎠던 세계를 벗어나보니 막상 그럭저럭 잘 버텨내는 스스로기 기특하기도 했다.

그러니 새로이 나아가려는 지점토 인형을 이끌어줄 수 있는 단 하나의 인형, 그건 그로테가 분명했다. 물론 그가 이끄는 방향이 꼭 안전하고 편안한 길이 아닐 수는 있을지라도.

♥

지점토 인형을 집어삼키려던 불길처럼 하늘이 붉게 타올랐다. 그러고는 시시각각 아름다운 옷으로 바꿔 입더니, 밤이 되자 별 하나 없는 검정 천막으로 온몸을 뒤덮었다.

그제야 그로테와 지점토 인형은 옥상 위 불법 건축물을 나설 수 있었다. 그리고 드문드문 가로등만이 제자리를 지키는 새벽녘의 주택가 사이를 누비기 시작했다. 아주 고요한 움직임만이 허락되는 시간이었다. 그 누구의 눈에 띄지 않고 임무를 완수하는 게 그들의 목적이었으므로. 물론 아무리 살이 없다 하더라도 둔중한 곰의 몸이 만들어내는 약간의 먼지바람과 소음은 어쩔 수 없었다.

환한 인공조명으로부터 몸을 숨기려는 듯 지점토 인형은 최대한 몸을 옹송그렸다. 그것은 마치 거대한 털 공처럼 보이기도 했다. 그 앞에는 너무나 작은 그로테가 당당하게 가슴을 펴고 선 채 포장마차를 노려봤다.

"너무 늦게 왔나 봐. 장사를 접었어."

그들의 짧은 여정이 순식간에 막을 내렸다. 기름을 많이 써야 하고, 손으로 반죽해 설탕까지 집어넣어야 하는 호떡은 요새 찾아보기 어려워졌다. 그러니 다른 동네로 이동한다고 해도 허탕 칠 수도 있었다.

"어쩌면 좋지."

그때, 지점토 인형의 코로 무언가 달콤한 향기가 날아왔다. 호떡의 기름진 냄새는 아니었다. 대신 조금 더 달착지근하고 끈적한 냄새랄까. 꿀! 그래, 그건 꿀이었다. 지점토 인형은 저도 모르게 냄새가 나는 방향으로 네발을 움직였다. 누군가 곰을 볼 수 있다는 생각은 잠시 제쳐두었다. 뭐에 홀린 듯 그저 앞으로 나아갔다.

"어디 가? 어디 가는 거니? 말해주고 갈 수는 없을까?"

그로테는 어쩔 수 없이 지점토 인형, 아니 곰을 따라나섰다. 깊은 새벽이었기에 망정이지, 아니라면 단순히 인간들에게 들키는 것만으로는 끝나지 않았을 것이다. 그로테는 네발로 경중경중 뛰기 시작한 짐승의 털을 네 손으로 꽉 붙들었다. 그러고는 사람과 마주쳤을 때를 대비한 방책을 대충 열 가지 정도 세워두었다.

어느 순간 지점토 인형이 우뚝 멈춰 섰다. 갑자기 건전지 힘이 다한 자동인형처럼. 그러고는 고개를 바닥으로 숙여 코를 벌름내더니 혀를 내밀었다. 딱딱하고 울퉁불퉁한 아스팔트 위에 떨어져 있던 꿀 한 방울, 그것을 핥았다. 할짝. 벌이 모아둔, 향긋하고 쫀득하며 최고의 달콤함을 자랑하는 꿀! 틀림없는 자연산 꿀이었다. 하지만 거기에서 끝이 아니었다.

한 방울, 두 방울, 세 방울. 꿀은 끝없이 이어져 있었다. 마치 헨젤과 그레텔이 남기고 간 빵 조각처럼. 마지막 소원을 이루게 생긴 곰의 몸은 정신없이 나아가며 혀를 날름거렸다. 덕분에 지점토 인형은 통제력을 잃었다. 불안해도 어쩔 수 없었다. 곰은 아무런 생각이 없었고, 절대 멈추지 않을 기세로 점점 속도를 높였다.

절대 평범한 상황은 아니었다. 아무래도 꿀을 따라가서는 안 될 것만 같다는 직감이 들었다. 하지만 달콤한 꿀은 곰의 생각과 마음과 몸을 전부 지배해버렸다.

그도 그럴 것이, 곰은 곰으로 살아본 적이 없었다. 사람 하나가 겨우 누울 수 있는 철창 안에서 평생을 보냈다. 매일 먹는 음식은 빨갛고 기름진 것들뿐이었다. 이빨 자국이 잔뜩 나 있는 반쪽짜리 총각김치, 밥알, 고사리, 콩나물, 채 썬 당근과 빨간 양념. 그 안에는 가끔 마시멜로나 달고나 같은 간식도 섞여 있었는데, 그런 것들을 발견할 때마다 곰은 세상을 다 가진 듯했다.

곰을 곰으로 살게 해주는 것. 그건 단 한 방울의 꿀이었다. 하지만 숨 가쁘게 달리다 보니 곰은 너무나도 익숙해 진절머리 나는 공간에서 정신을 차리게 되었다. 철창이 숨겨진 창고, 그 앞을 지키고 있던 마당. 구석에는 초록색 술병들이 늘어서 있고, 빨간 대야와 겨울이면 얼어버리는 수도꼭지가 있는 집.

"잡았다, 이 새끼! 도망칠 수 있을 줄 알았어?"

늘 부족하고 맛없던 먹이를 가져다주던 자의 포효였다. 인간은 곰의 등에 망설임 없이 주삿바늘을 꽂아버렸다. 달콤함으로 중독되다시피 해 빠르게 뛰던 곰의 심장은 천천히 박동수를 줄여갔다. 검은 털로 뒤덮인 몸이 서서히 기울더니 쿵, 하고 바닥에 쓰러졌다. 그로테는 대문 옆 말라비틀어진 식물이 꽂혀 있던 화분 뒤에 숨어서 모든 것을 지켜보았다.

"저 인간은 쉽게 죽지도 않는군."

그로테의 주인이 잡아 왔던 그 사람이었다. 아버지라는 이름을 가진 인간. 핏물을 뒤집어쓴 전적이 있어도 정신을 못 차린 마당집 남자는 그로테가 자신을 노려보고 있는 줄은 꿈에도 몰랐다.

♥

"즙도 쥐방울만큼 주더니 쓸데없이 무겁기만 하네. 에잇, 쯧."

바닥에 내자로 뻗어버린 곰의 어깨 가죽을 꼬집듯이 쥐고 당기던 대문집 남자는 손을 털어버렸다. 그러고는 가쁜 숨을 내쉬며 주머니에 꽂혀 있던 전화를 집어 들었다. 몇 번의 수신음 끝에 전화기 너머에서 누군가 응답했다.

"저번에 받은 술 있잖아. 아니, 숨넘어가기 전에 담가서 효과 좋다며! 그거 진짜 맞아? 왜 이렇게 힘이 안 나, 힘이."

약간의 정적을 틈타 어디선가 불어온 바람이 대문집 남자의 땀 맺힌 이마와 몸을 식혀줬다. 금세 만족할 만한 대답을 들었는지 남자의 얄팍한 입꼬리가 치솟았다.

"알겠어. 이번 한 번만 넘어가는 거야. 다음부터는 잘 알아보고 영업을 하라고. 나 원 참. 나 같은 사람이니까 그냥 모르는 척해주는 거지, 다른 사람한테 걸렸어봐. 나 인터넷뱅킹 같은 거 몰라. 내일 은행 가서 부쳐줄게. 내가 어디 돈 떼어먹는 거 본 적 있나? 오십 프로 맞지? 그럼, 지금 보내지 언제 보내? 나 집에 있어."

보신거리를 너무나 사랑하는 마당집 남자. 그는 진짜와 가짜를 구별할 줄 아는 사람이었다.

"살도 없어서 국물이나 우러날지 모르겠네."

마당집 남자는 다시 곰의 털가죽을 억세게 쥐고는 집 안으로 끌어당겼다. 축 처진 곰, 그 안에 갇힌 지점토 인형은 미칠 노릇이었다. 여태껏 경험한 몸들은 보통 분노로 가득했었다. 그리고 그 몸의 감정들은 점점 더 저들끼리 엉기고 뭉쳐서 단단해지고 진해졌다. 아마 마당집 남자가 맛보면 '진짜배기'라고 칭찬할 정도일 것이다.

그런데 곰이란 동물은 다시 살아나서 기껏 한 게 무엇이었나. 졸다가 호떡이나 구경하고, 꿀 몇 방울 핥아먹고, 인간에게 도로 잡힌 게 다였다. 이해가 되지 않았다. 게다가 호떡이나 꿀이나 그게 그거 아닌가? 계속해서 지점토 인형이 몸에 붙잡혀 있는 이유는 소원을 이루지 못했기 때문이다. 그깟 호떡이 뭐라고. 도대체 호떡을 못 먹었다고 해서 놓아주지 않는 건 또 무슨 심보란 말인가. 지점토 인형은 역시 감상만 하던 멋진 곰의 외면과 실상은 다를 줄 알았다며 뒤늦은 후회를 했다.

"에잇. 그냥 여기에서 손질해야겠네."

대문집 남자가 손을 털자 검은 털이 우수수 쏟아졌다. 영양실조에 가까운 상태로 푸석하기 그지없던 털은 조금만 쥐고 꼬집어도 살에서 뽑혀 바람에 날렸다.

"한겨울에 웬 모기야? 성가시게."

곰을 이리저리 가늠해보던 그는 다리를 들어 대강 흔들었다. 그러고는 조금 간지러운지 몇 번 긁고 나서 집 안으로 들어갔다. 다시 나타날 때는 커다란 칼 두 개와 함께였다. 마침내 마당에 있던 커다란 대야를 끌어와 곰의 옆에 털썩 주저앉는 것으로 모든 준비를 끝냈다.

"억울하면 다음 생에는 사람으로 태어나기라. 그럼 니가 곰 고기 대접해주마."

지점토 인형은 엄마를 떠올렸다. 검은 여자는 못하는 일이 없었다. 별것도 아닌 인간의 머리를 망치로 내려쳐 깨부수는 데 단 몇 초도 필요하지 않을 것이다. 하지만 곰의 몸에 지점토 인형이 갇혀 있다는 사실은 아무도 알지 못했다. 같이 지내던 그로테조차도 몰랐으니, 과연 그 누가 알 수 있을까. 누가 가여운 지점토 인형을 구해줄 것인가.

대문집 남자는 오른손에 칼자루를 고쳐 잡았다. 대충 힘을 주다가는 제 손목을 썰어버릴 수 있는 힘세고 날카로운 칼을 가지고 있었기 때문이다. 그가 손을 들어 올렸을 때였다. 오토바이 소리가 멀리에서부터 점점 가까워졌다.

"에이, 하필 지금이야."

정적이었던 주변으로 시끄러운 소음과 매연을 뿌리며 달려온 그것이 대문 앞에 섰다. 쾅쾅, 두어 번 대문 두들기는 소리는 대문집 남자가 좋아하는 보약이 도착했음을 의미했다.

"퀵이요!"

마당집 남자는 끙, 하는 소리를 내며 일어났다. 그러고는 슬리퍼를 끌고 대문 앞으로 걸어갔다.

"열려 있소."

보자기에 싼 무언가를 전달하러 왔던 퀵 배달원이 대문을 발로 밀었다. 동시에 무언가 둔탁하게 시멘트 바닥에 부딪치는 소리가 났다. 활짝 열린 대문. 퀵 배달원은 마당에 널브러진 대문집 남자를 보았다.

"아…… 아저씨, 괜찮으세요?"

제가 발로 찬 대문에 마당집 남자가 맞았을 거라고, 그 충격으로 재수 없게 뒤로 넘어져 뇌진탕으로 죽어버렸는지도 모르겠다고, 퀵 배달원은 지레짐작했다. 그는 주위를 살폈다. 보는 사람은 아무도 없었다. 아무래도 대문집 남자가 숨을 쉬지 않는 것 같았다.

♥

꽁지 빠지게 도망가는 퀵 배달원 그리고 그를 실은 오토바이의 모습에 그로테는 안심하듯 발랄한 걸음걸이로 모습을 드러냈다.

"일어나봐, 곰아."

미동이 없는 곰의 배 위로 그로테가 기어 올라갔다. 그러고는 꼭대기에 쪼그려 앉아 네 개의 손바닥으로 평평한 복부를 톡톡 쳐대기 시작했다. 그런 그로테의 말투는 상냥하기 그지없었다. 마당집 남자를 쓰러뜨린 위인이 그로네일 거라고는 상상도 못 할 정도였다.

주인이 생의 마지막에 모든 걸 망치면서까지 복수하고 싶어 했던 인물이 바로 마당집 남자였다. 그는 변하지 않은 모습 그대로 곰을 다시 제 손에 넣었다. 그러니 그로테가 마당집 남자를 손봐줘야 할 이유는 많았다. 물론 그로테는 생명을 아끼기 때문에 죽일 생각까지는 없었다. 단지 조심스레 다가가 수면제가 든 주사기를 다리에 꽂았다가 뺐을 뿐. 주사기 바늘이 얇았기에 망정이지, 두꺼웠다면 계획이 실패할 수도 있었다. 물론 그로테는 수면제의 적정 용량에 대해서는 잘 알지 못했다. 남자가 깨어날지, 그대로 죽게 될지는 하늘에 달려 있었다.

그로테는 곰을 구출해내기 위해 집 안 여기저기를 돌아다녔다. 그러다 창고에서 철창을 발견했고, 그 앞에 마주 보듯 서 있는 책장도 발견했다. 시트지를 붙여 마무리해둔 작은 가구는 이미 비에 젖었다가 마르기를 여러 번 반복했는지 꼴사납게 부풀고 망가져 있었다. 하지만 그런 보기 싫은 외양과 다르게 안에 자리 잡은 물건들은 깔끔하게 정돈되어 있었다. 그것들은 모두 같은 종류의 것이었다. 수면제. 그로테는 그것들을 원래는 어디에다 썼는지 알 길이 없었다. 다만 사용하기 딱 적절하다고 판단했을 뿐이다.

곰과 같은 맹수들의 울림통은 대단하다. 목소리도 큰데 주변까지 떨리게 했으니, 아무도 몰래 곰을 키울 수는 없었다. 마당집 남자는 애초에 곰을 건강하게 키울 생각이 없었다. 곰이 곰답게 살기 위해서는 어떤 것들이 필요한지 몰랐다. 아니, 관심조차 없었다. 찔끔찔끔 나오는 짙은 초록빛의 담즙을 얻기 위해 곰을 데리고 있어야 한다는 게 성가실 뿐이었다. 쓸데없이 업자에게 얹어주는 돈을 아껴보려고 키우기 시작한 짐승이었다. 그가 따져봤을 때, 동물에게 들어가는 돈과 시간을 아껴야 이득이었다.

어쨌든 키워야 하는 상황이었으니 마당집 남자는 자신에게도, 곰에게도 힘든 상황을 만들고 싶지 않았다. 곰에게서 수시로 담즙을 짜서 내다 파는 업자들과 자신은 달랐다. 수면제 그리고 새 주사기들은 마당집 남자와 곰 둘을 위해 존재했고, 인간과 반달가슴곰의 평안함과 무탈함을 위해 있어야만 했다.

곰은 겨울잠을 자는 동물이 맞지만, 그토록 무거운 졸음에서 벗어나기 어려워한 건 아마 오래된 습관 때문일지도 모른다. 약간의 식사 후 다시 잠들기를 반복했던 삶이 몸에 익어버렸으니, 하루도 되지 않아 극복하기는 불가능에 가까웠다.

이 모든 사실을 그로테는 알 수가 없었다. 곰이 이야기해주지도 않았으니까. 하지만 짐작 정도는 할 수 있었다. 이 거대한 육식동물의 생애가 참으로 비참했을 것이라고.

다시금 곰의 눈이 끔뻑거렸다. 까맣고 동그란 눈알에 밤하늘이 남겼다.

"가자, 호떡 먹어야지! 정 못 찾으면 편의점에서 파는 호떡빵이라도 가져다줄게. 그것도 맛있어."

그래, 호떡. 지점토 인형은 그거라도 입에 넣자고 마음을 고쳐먹었다. 별것도 아닌 호떡 하나 먹는 게 뭐 그리 어렵다고. 물론 호떡 하나가 곰의 몸에 있던 모든 상흔과 마음의 상처를 달래줄 수는 없을 것이다. 소원을 이룬 곰은 오히려 그 달콤한 맛에 대비되는 지난날의 쓴맛을 더욱 선명하게 알아버릴지도 모른다.

그래도 뭐든, 아무것도 하지 않는 것보다는 낫다. 시도조차 해보지 않고 가만히 앉아서 다가오는 운명을 기다리는 건 이제 하지 않겠다고 다짐했던 지점토 인형이다. 죽은 곰의 몸을 조금이라도 위로해줄 겸, 지점토 인형이 살아온 삶의 방식을 바꿔볼 겸 곰이 자리에서 일어났다. 전보다 몸이 무거워져 있었다. 그래도 걸을 수는 있으니 다행이었다.

♥

멈춰 서서 부들부들 떨고 있는 오토바이. 그 위에 삐딱하게 앉아 한쪽 다리로 땅을 지탱하고 나서야 퀵 배달원은 숨을 몰아쉬었다. 물건은 전달하지도 못했다. 하루치 일당의 반이 날아가버렸다.

"하필 왜 그때 쓰러지는 거야! 휴대폰, 휴대폰!"

퀵 배달원은 오토바이에서 절대 떨어지지 않게 꽂아두었던 휴대폰을 집어 들었다. 덜덜 떨리는 손이었지만 할부가 끝나지도 않은 귀중한 물건을 내동댕이치지 않게 아주 조심했다.

"112? 119? 나는 잘못 없어. 거기 곰이 있었잖아. 곰이 그랬던 거지."

갑자기 쓰러진 사람 뒤에 곰이 있었다면 그 편이 합리적이었다. 퀵 배달원이 대문을 살며시 찼는데 그 충격으로 남자가 쓰러졌다고 하는 것보다는. 어쨌든 곰이란 동물은 사람보다 덩치도 크고 힘도 세니까. 물론 그렇다고 해서 그게 진실이라고 할 수는 없지만 퀵 배달원에게는 참과 거짓을 따질 때가 아니었다.

보자기 안에 들어 있던 보양식은 바깥에 절대로 노출되면 안 되는 종류의 것이었다. 정말 마니아들만 아는, 아는 사람만 안다는 귀한 물건이었다. 원래 인지도가 높아지면 그 가치도 떨어지는 법이었으니 업자들은 골수들에게만 제공하는 보양식 리스트를 따로 가지고 있었다. 괜히 거래처 하나를 잃는 것보다는 최대한 시선을 다른 쪽으로 돌리는 게 상책이었다.

"네, 여보세요? 제가 퀵 배달을 하러 갔거든요. 근데 곰이 아저씨를 쓰러뜨렸다니까요. 엄청 크고 사나웠어요. 아, 진짜 곰 맞다니까요? 털이 새까맣고 여기 가슴팍이 하얀. 나 마약 안 한다고요. 사람 말 되게 안 믿어주네. 그 아저씨 원래 보양식 마니아로 유명했어요. 저요? 아니, 컴플레인 때문에 불려 간 거라니까요. 어쨌든 그 아저씨 맨날 뱀 잡아먹고 곰도 키운다는 소문이 있었는데, 사실인 것 같아요. 네, 번지수 알려드릴게요. 저요? 저는 도망쳤죠. 아무리 젊어도 곰이랑 싸워서 이길 자신은 없거든요."

퀵 배달원은 준비해둔 말을 재빠르게 전부 던지고는 전화를 끊어버렸다. 원래는 거들떠보지도 않던 헬멧을 쓰기를 참 잘했다. 하기야 애초에 찝찝한 물건을 배달하지 않았다면 집어 들었을 리도 없는 검은 헬멧이었다.

가로등의 식어가는 노란 불빛이 전방의 먼지를 비추었다.

퀵은 새로운 먼지바람을 일으키며 사건 현장을 빠져나갔다.

누군가, 가로등 바로 밑 가장 어두운 곳에서 꿈지럭거렸다. 그러다 주위에 인기척이 없다고 판단되자 부드럽고 말랑한 다리 한쪽을 내밀었다. 오래도록 바깥에서 나뒹굴고 노느라 잔뜩 더러워진 깔랑이었다. 귀는 역시 한쪽밖에 없었고, 배에 꽂혔던 시침핀은 그 개수가 꽤 줄어 있었다.

"음, 아주 찝찝한 냄새가 나잖아?"

그 후로 깔랑은 재미있는 일을 찾아다녔다. 누군가를 괴롭히던 사람 목덜미에 몰래 시침핀을 꽂고 달아나기. 아무 데서나 언성을 높이는 사람이 신고 있던 운동화 앞코에 시침핀 찔러 넣기 등등. 뭐든 맘대로 해도 아무도 모른다는 게 매력적이었다.

깔랑의 구미를 한껏 끌어당기는 사건의 냄새는, 오토바이가 남기고 간 바퀴 자국으로부터 풍겨왔다. 한 줄로 이어진 바퀴 자국을 짚어가기 시작하면서 깔랑의 몸 전체가 설렘으로 요동쳤다.

그 끝에, 제가 구해주었던 지점토 인형은 물론 배신자 그로테도 있다는 건 꿈에도 모른 채 깔랑은 그저 신이 나서 하나뿐인 귀를 펄럭거리며 달렸다.

깔랑보다 조금 더 빠르게 달려간 경찰차는 이미 마당집 남자의 집에 도착해 있었다. 퀵 배달원이 신고한 현장 그대로였다. 남자는 쓰러져 있었고, 마당 뒤편 창고 안에는 철창을 엮어 만든 우리를 발견할 수 있었다.

곧 휴대폰을 가진 모든 사람에게 동일한 내용의 안전 문자가 발송되었다.

'고도3동에서 야생 곰 출몰 신고가 접수되어 포획 활동에 있으니 시민분들께서는 외출을 삼가시기 바랍니다.'

❤

"내가 이 근처는 매일 돌아다녀. 그런데 여기 포장마차가 아니면 호떡 파는 데를 못 봤어. 그러니까 편의점에서 파는 호떡 빵을 먹는 게 나을 거 같아. 괜찮겠어?"

곰의 몸을 한 지점토 인형이 고개를 끄덕였다. 솔직히 그냥 호떡이나 편의점에서 파는 호떡 빵이나 뭐가 다른지 몰랐다.

"아, 훔치지는 않을 거야. 내가 가져온 호떡값만큼 천천히 갚아나갈 거라고. 인간들도 이렇게 경제활동을 하거든. 빚을 진다고 하지. 물론 지금 그게 중요한 게 아니고. 눈을 크게 뜨고 다니다 보면 동전을 주울 수가 있는데 그걸 조금씩 모아서 편의점에 가져다줄 생각이야. 그러니까 전혀 걱정할 필요 없어."

호떡 포장마차를 바라볼 수 있는 귀퉁이. 곰의 몸이 나무에 붙은 매미처럼 건물 모서리에 착 달라붙어 있었다. 그로테는 네 손을 맞잡은 채 기합을 줬다. 호떡은 찾기 어려웠지만 편의 점은 여기저기 널려 있었다. 그리고 겨울이라 편의점에서 호떡 맛을 흉내 낸 빵을 찾는 건 정말이지 쉬운 일이었다.

그로테는 순식간에 몸을 뒤집어 물구나무서는 데 성공했다. 팔이 네 개인지라 뛰는 것보다는 뒤집힌 채 네 개의 팔로 달리는 게 더 빨랐기 때문이다. 그러고는 거꾸로 선 채 속도를 높이다 갑자기 멈춰서 뒤를 돌아봤다.

"어디 가지 말고 여기 있어야 해, 알았지?"

곰은 또다시 고개를 끄덕였다. 점점 몸이 축축 처지는 게 여실히 느껴졌다. 또다시 습관적인 졸음이 곰의 몸을 지배하려 들었다. 하지만 버텨야 했다. 곰 발바닥보다 작은 그까짓 호떡 하나. 그걸 먹는 게 얼마나 대단하고 중요한 일인지, 지점토 인 형은 알아버렸으니까.

지점토 인형이 사람의 형체로 시종일관 단단했을 때. 그때 손에 들어왔던 모든 인형은 지금 생각해보면 하찮은 것들이었다. 새것도 아니었고 엉성한 모양도 많았다. 그러나 그때의 인형들은 지점토 인형에게 전부였다. 모두 대단하게 느껴지는 인형들이었으며 손에 쥐었을 때 뛸 듯이 기뻤다. 아마 곰에게 꿀은 그런 의미였을 것이다.

지점토 인형은 마음 한구석에 너무 작아서 집어 올리기도 어려운 가시 하나가 굴러다니는 듯한 기분이 들었다. 그러니까 곰의 생과 삶이 주는 감정이 너무 이상했다.

정말 많은 인형 친구를 쪼개고 부수며 찢었던 이유는 단 한 가지였다. 그렇게 해야만 연결되어 있음을 확인할 수 있다고 생각했기에, 우리가 서로의 존재를 확인하려면 그런 방법을 써야 한다고 믿었기에. 그게 잘못됐다고 이야기해준 사람은 아무도 없었다. 심지어 그로테조차 아무 말이 없었다.

마당집 남자나 지점토 인형이나 어쩌면 별로 다른 점이 없을지도 몰랐다. 별것도 아닌 이유로 무언가를 망쳐버렸으니까. 호떡, 그것은 지점토 인형에게 속죄와 같았다. 곰에게 호떡도 주지 못한다면 앞으로 지점토 인형이 어떻게 살아갈 수 있을까. 자신이 없었다. 이후로는 그 어떤 것도 원하거나 바랄 수 없을 것 같았다. 감히 지점토 인형이 어떻게 그런 마음을 품을 수 있겠는가.

딸랑, 하는 맑은 소리와 함께 빵빵한 패딩을 입은 사람이 편의점 문을 열고 나오려 했다. 그 사이로 그로테가 사뿐하게 몸을 밀어 넣었다. 그렇게 그로테는 편의점 안으로 사라졌다. 아무도 눈치챌 수 없게 아주 작은 움직임으로 호떡까지 도달하게 될 것이다. 편의점 문 앞까지 호떡이 든 봉지를 열심히 끌고 가겠지. 그리고 누군가 편의점에 들어가거나 나갈 때를 또다시 노리고서는 성공하게 될 것이다. 그렇게, 곰을 위한 호떡 훔치기 임무를 마칠 것이다.

그리하여 곰에게 도착하게 될 호떡. 따끈하지는 않아도, 꿀이 줄줄 흐르지는 않아도 맛있는 호떡. 그것은 곰에게 조금이나마 만족감을 선사하게 될 것이다.

하지만 지점토 인형은 눈앞을 빠르게 지나치는 차들 때문에 놀라 자빠질 뻔했다. 분명 보았다. 파란색의 트럭이 연달아 도로를 달려갔다.

'곰은 보통 총을 쏴서 죽이거든.'

트럭 짐칸에는 긴 사냥용 총을 든 엽사들이 잔뜩 타고 있었다. 모두 야생 곰을 포획하기 위해서 늦은 밤의 차디찬 공기를 뚫고 달려온 것이었다.

호떡을 먹지 못했다. 심지어 그로테가 편의점에 들어간 지 일 분도 채 지나지 않았다. 아직 곰의 몸 그 어느 곳에도 총알을 박아 넣을 수는 없었다. 지점토 인형은 뒤를 돌았다. 그러고는 어디로 가는지도 모르는 채 네발로 주택가 중심부를 향해 뛰기 시작했다. 몸을 숨겨야 했다. 다치지 않게, 깨지지 않게, 안전하게.

❤

살면서 이렇게 달려본 적이 없었다. 그건 곰도 지점토 인형과 마찬가지였다. 금세 한계가 찾아오는 건 당연했다. 습관적으로 수면제를 받아들여야 했던 몸은 이미 나약함의 정점에 도달한 상태였다. 지점토 인형은 잠시 멈췄다. 그리고 고개를 들어 저 멀리를 바라봤다. 차곡차곡 쌓인 듯 보이는 주택가의 머리 부분 뒤로 보이는 건 산이었다.

밤이라 더욱 까맣고 희게 보이는 겨울 산. 지점토 인형은 목적지를 정했다. 아무리 총을 든 인간들이라고 해도 산에서라면 명중률이 그리 높지 않을 게 분명했다. 게다가 곰은 원래 산에 사는 동물이라 하니까, 저곳이 곰에게는 더 유리하리라는 생각이 들었다.

지점토 인형은 다시 뛰기 시작했지만 속도가 나지 않았다. 바닥에 깨져 있던 유리 조각이 단단한 발을 찢고 파고들었다. 피가 나는 듯 뜨끈하고 미끄덩거리는 게 여간 거슬리는 게 아니었다. 하지만 포기할 수 없었다. 더 이상 남은 시간이 없다는 생각에 불안감이 치솟았기 때문이다.

하지만 금세 또 하나의 문제가 생겼다. 산 하나를 목표로 하고 뛰다 보니 거쳐야 할 것이 너무 많았다. 신호등은 그중에서 가장 까다롭고 어려운 관문이었다. 차들이 언제 지나갈지 예측할 수 없었고, 사방으로 뚫려 있다 보니 눈에 띄기도 딱 좋았다. 물론 길을 건너려는 인간이 꼭 한 명씩은 있다는 것 또한 심각한 문제였다.

인간 눈에 띄면 끝장이었다. 이미 지점토 인형은 결연한 눈빛의 엽사들을 보았다. 기껏 비쩍 마른 곰 한 마리 잡겠다고 건장한 사냥꾼들이 모여들었다. 만약 횡단보도에서 신호를 기다리던 사람의 옆으로 가 서 있다가 함께 길을 건넌다면? 분명 쩌렁쩌렁한 비명이 사방에 울릴 테고 무기를 든 인간들이 금세 모여들 게 뻔했다.

하지만 산으로 가려면 신호등을 지나가야 했다. 살면서 이토록 고민스러웠던 적은 없었다.

지점토 인형은 엄마가 만들어주었으니 그저 존재하면 됐다. 돌망치가 내리쳐 지점토를 깨부쉈으니 파괴되는 수밖에 없었다. 다시 엄마가 지점토를 뭉쳐줄 때도, 그냥 가만히 있으면 모든 게 해결됐다. 인형과 함께 놀다 보면 시간이 갔고, 그게 아니라면 그냥 구석에 앉아 있었다. 그러니까 이제까지 지점토 인형은 간절했던 적이 없었다.

나를 위해서도, 내가 아닌 누군가를 위해서도. 이토록 가슴 뭉클해진 적이 없었다. 그래서 지점토 인형은 선택했다. 건너도 될지 아닐지 모르겠는 신호등을 그냥 건너버리기로. 곰이 단 한 번도 가본 적 없는 산으로 달려가기로. 단 한 번도 밟아본 적 없는 흙과 신선한 나무뿌리가 있는 삼각형 모양의 겨울 산을 향해서 온몸을 던지기로.

하지만 지점토 인형이 미처 생각하지 못한 게 있었다. 바로 CCTV였다. 곳곳에는 불을 켠 눈이 도사리고 있었다. 그것들이 너무도 많아 약간의 사각지대에는 곰의 몸 하나 제대로 숨길 수 없었다. 애초에 곰이 그런 사실을 알지도 못했지만. 지점토 인형의 주위로 총알이 장전된 수렵용 총이 몰려드는 건 시간문제였다.

물론 지점토 인형은 아무것도 몰랐다. 단지 산으로 가야 한다는 자신의 목표만 상기할 뿐이었다.

♥

곰은 어리석었다. 인간이 주는 밥을 받아먹으며 삶을 연명하다니. 힘센 앞발과 뒷발을 가지고도 철창을 쓰러뜨릴 생각도 하지 못했다니.

하지만 곰이나 지점토 인형이나 그리 다를 게 없었다. 하루하루 숙제는 계속 날아드는데 풀 시간도, 해답을 제공해줄 사람도 없었다. 그게 그들이 쌓아온 삶이라는 시간의 정체였다. 그사이에서 지점토 인형과 곰은 자신의 방식대로 견뎌냈을 뿐이다.

앞만 보고 달리는 곰의 주위로 트럭이 달려들었다. 괜찮다, 할 수 있다. 조금 더 가야 했다. 멈출 수는 없었다. 찢어진 발바닥에서 피가 철철 흘러도, 몇 번을 넘어져서 몸 여기저기가 멍들어도, 단 한 번도 제대로 먹지 못해 비쩍 말라버린 몸에 더는 끌어모을 힘이 없어도.

이따위 인간과 트럭은 멋진 곰을 이겨낼 수 없다. 그래야만 했다. 그 많은 시간을 거칠고 영양가 없는 밥만 씹어 삼켜가며 살아온 곰이었다. 그러니까 누구보다 강하고 대단했다. 지점토 인형은 산에 도달한 곰의 모습을 상상했다. 얼마나 행복할지, 편안한 표정을 한 곰의 얼굴을 떠올렸다. 그렇게 된다면 지점토 인형은 영영 사라져도 괜찮았다. 영영 엄마를 볼 수 없다는 건 조금 슬펐지만.

탕.

첫 번째 총성이 울부짖었다. 그 소리에 두려워진 대기가 진동했다. 다행히도 총알은 빗나갔다. 하지만 죽기 직전에 다다른, 아니 이미 한 번 죽어본 짐승의 다리에 그어진 붉고 얇은 상처는 치명적이었다. 곰은 계속 달렸다. 어두운 하늘로 까만 털이 날렸다. 보도블록 위에는 붉은 핏방울이 점, 점, 점, 새겨졌다.

탕.

두 번째 총소리는 이전보다 조금 더 선명하고 크게 들렸다. 제대로 맞았다. 엉덩이 깊숙이 총알이 회전하며 박혔다. 지점토 인형은 뒷다리를 질질 끌면서 울부짖었다. 태어나 첫 번째이자 마지막으로 큰 소리를 내어 터뜨린 울음이었다. 그 소리는 곰을 찾아 모든 골목을 뒤지고 다니던 그로테에게 이정표가 되어주었다.

지점토 인형은 이제 기어가기 시작했다. 온몸이 피로 따듯하게 적셔지고 있었다. 그리고 겨울밤의 차가운 대기에 온도를 뺏겨 금세 차가워졌다. 숨을 헐떡이면서 네발에 어떻게든 힘을 줘봤지만 자꾸 제자리였다. 다행히 아직은 그 어떤 인간도 다가올 생각을 하지 못했다. 대신 아주 빠르게 달려온 그로테가 도움닫기를 해서 날아가 곰의 어깨 위에 안착했다.

"내가 거기 있으랬잖아!"

그로테가 언성을 높이는 건 처음 있는 일이었다. 이제 완전히 누워버린 지점토 인형은 자꾸만 닫히려는 눈꺼풀을 열어 그로테를 봤다. 아주 우스꽝스러운 모습이었다. 저렇게 웃기게 생긴 인형이 있다니. 저토록 귀엽고 사랑스러운 인형이 이 세상에 존재하다니.

그로테는 튜브를 목에 낀 듯, 목걸이를 한 듯 꿰고 온 호떡을 곰에게 건넸다. 덕분에 그로테의 얼굴과 머리가 온통 꿀 범벅이었다. 그의 대단한 도덕 관념 때문에 호떡 한 봉지를 전부 훔칠 수는 없었는지, 아주 작디작은 호떡 하나뿐이었다.

"내가 이거 가져온다고 뒤집어서 네발로 뛰지를 못했어. 미안해, 내가 너무 늦었어."

그로테는 네 개의 손으로 호떡을 작게 잘랐다. 그러고는 살짝 벌어진 곰의 입안으로 던져 넣었다. 곰은 씹을 수도, 삼킬 힘도 없었다. 그래도 최선을 다해 입을 오물거렸다.

퍼석한 빵의 식감이 느껴졌다. 그 안에 살짝 묻은 젤리 같은 꿀은 다디달았다. 그로테는 또 한 조각을 잘라 옅어져가는 숨을 내쉬는 곰의 입에 넣어주었다.

혀가 아릴 듯한 단맛이었다. 눈물이 나올 것같이 대단한 달콤함이었다. 이토록 맛있는 호떡을 왜 이제 먹었을까. 곰은 눈을 감았다.

"사살했습니다."

여기저기 흩어져 있던 무전이 동시에 시끄럽게 울렸다. 사람들이 박수를 치기 시작했다.

"곰, 그동안 고생했다고 다들 널 축하해주는 거야. 좋은 의미가 있는 소리야. 그러니까…… 잘 가."

그로테는 까끌한 털 위에 얼굴을 묻었다.

"사살된 반달가슴곰을 추모하는 공간이 길거리 곳곳에 준비되어 있습니다. 시민들은 길을 걷다가도 멈춰 서서 안타깝게 명을 달리한 곰을 위해 기도하고 있습니다."

고도3동에 이렇게 수많은 기자와 방송 차량이 드나든 적은, 동네에 이름이 붙여진 이래로 처음이었다. 많은 관심 그리고 숱한 방송 덕에 사람들은 절반쯤의 진실을 알게 되었다. 평생을 제 몸도 제대로 가누기 힘든 우리 안에서 살다가 탈출과 동시에 사살된 곰. 그건 사실이었다. 하지만 곰이 이미 한 번 죽었다는 것, 직후에 지점토 인형과의 계약을 통해서 마지막 소원을 이루게 되었다는 것은 인간이라면 절대 알 수 없을 나머지 반쪽짜리 진실이었다.

곰과는 상관없지만 도대체 전말을 알아낼 수 없게 되어버린 사건도 있었다. 바로 대문집 남자에 관한 기승전결이었다.

대문집에 도착한 경찰들은 사태를 파악하고 무전을 쳤다. 허리춤에 달려 있던 플래시로 이곳저곳을 비추다 창고까지 흘러 들어갔고, 그 안에서 우리를 발견했다. 흔히 뜬장이라고 불리는 종류의 것 아래로는 배설물과 털 그리고 음식물이 엉겨 썩어들어가고 있었다. 고개를 절레절레 흔들며 다시 마당으로 나왔을 때, 대자로 뻗어 있던 대문집 남자의 가슴에는 분홍 구슬이 달린 시침핀이 박혀 있었다.

"저게 원래 저기에 있었나?"

"기억이 안 납니다."

감히 그런 대범한 행동을 귀가 한쪽밖에 없는 토끼 인형 따위가 했으리라고는 예상할 수 없었을 것이다. 단지 곰의 죽음을 위해 복수하려던 동물 단체의 소행이었으리라 정리하고 말 뿐이었다. 평범한 인간들이 안온한 일상과 삶을 유지하기 위해서는 한계가 있어야 했다. 모든 걸 알면 그 순간 그저 그런 시민으로 살아갈 수 없게 되기 때문이다.

학원 끝날 시간이 되자 사복을 입은 학생들이 건널목 근처로 삼삼오오 모여들었고, 꽃 한 송이나 편의점에서 산 빵을 놓아두고 갔다. 리본을 달아주거나 포스트잇에 짧은 편지를 써서 바닥에 붙여두기도 했다.

"이번 사건으로 사육 곰에 대한 관심이 집중되고 있습니다."

잔잔히 가라앉은 추모의 검은 분위기 사이, 머리부터 발끝까지 검은색으로 치장한 검은 여자의 존재는 도무지 눈에 띄지 않았다. 얼굴을 완전히 가릴 수 있는 커다란 벙거지, 검은 마스크. 이제 더 이상 선글라스는 쓰지 않았다. 여자의 눈에는 깔랑이 선사해준 시침핀이 아직도 박혀 있었다. 곪고 썩어가는데도 검은 여자는 절대 병원에 가지 않으리라 다짐했다. 망가진 얼굴을 누구에게도 보여줄 수 없었다. 평생을 완벽하게 아름다운 모습으로 살아왔다. 그런데 단 한순간의 실수로 모든 걸 잃어버리다니, 사람들이 얼마나 비웃고 고소해할까? 생각만으로도 두려웠다. 차라리 스스로 목을 졸라 죽어버리고 싶을 정도였다.

검은 여자는 고도3동에서 벌어지는 일련의 괴상한 사건들이 결코 우연이 아니라고 믿었다. 모두 지점토 인형과 관계된 일이 분명했다. 그것이 어떤 모양으로 존재하며, 어떻게 이동하는지는 몰랐다. 하지만 이상하고 답도 없는 일에 지점토 인형 같은 것들이 끼어 있지 않을 리 없었다.

지점토 인형을 빚어낸 것은 검은 여자였다. 외모에 관심이 커질 사춘기 시절부터 조금씩 조금씩 지점토를 쌓아 올렸다. 그렇게 검은 여자 스스로 원하는 얼굴을 만들어갔다. 그러니 지점토 인형에 대해 속속들이 알고 있어야 하는 건 그 누구도 아닌 검은 여자여야 했다.

"되찾아야 해. 되돌려야만 해."

검은 여자의 얼굴은 지점토 인형을 잃고 난 후 서서히 녹아
내렸다. 시야도 불투명해져 거리를 빠르게 돌아다니기 쉽지
않았다. 게다가 썩어가는 눈알 때문에 숨길 수 없는 악취도 새
어 나왔다.

검은 여자는 어떻게 해서든 지점토 인형을 되찾아 다시 반
죽해야 했다. 그래야 원래 제 것이던 완벽한 아름다움을 되찾
을 수 있을 테니. 검은 여자의 시선이 수많은 인파 속에서 딱
한 명에게 꽂혔다. 이희지.

흔하디흔한 교복 차림으로 서 있었지만, 방학에 그런 복장
은 오히려 특별해 보이기 마련이었다. 검은 여자에게 깔랑을
건네줄 때도 이희지는 교복을 입고 있었다. 그렇게 건네받은
경박한 인형 하나가 검은 여자의 삶을 한순간에 망쳐버렸다.
그래서 잊을 수 없었다. 그날을, 그 인형을, 이희지를.

"그래. 너도 날 질투했겠지. 내 얼굴을 보고 날 망치고 싶었
겠지."

이희지는 곰을 애도하지 않았다. 다만 재킷 주머니에 손을
꽂고는 추모의 공간을 잠시 응시했을 뿐이다. 그러다 한숨을
한 번 내쉬고는 뒤돌아 천천히 걸었다.

검은 여자는 티 나지 않게 뒤를 밟았다. 이희지를 쫓아가다

보면 지점토 인형의 흔적을 발견하게 되리라고 확신했다. 어쩐지 예의 그 우울한 표정과 다듬지도 않은 머리칼을 보니 그런 생각이 들었다. 걸어 다니고 말도 하며 사람의 인생까지 망칠 수 있는 인형을 가져본 여자아이라면, 시도 때도 없이 귀찮게 엄마라고 부르며 엉겨 붙던 추한 외모의 지점토 인형 또한 쉽게 손에 쥘 수 있지 않았을까.

♥

이희지의 시선은 걷는 내내 바다에만 꽂혀 있었다. 원래 그랬던 건 아니다. 다만 밟지 않게 조심해야 하는 게 주변에 있었을 뿐. 연립주택 대문을 밀치고 나서도 아주 천천히 발을 들어 턱을 넘었다. 약간의 소음도 허락되지 않는 공간에 사는 듯한 사람의 움직임이었다. 그렇게 이희지는 유난을 떨며 제 집으로 들어갔다.

검은 여자는 안절부절못하며 미행해왔다. 바로 다가가서 덮치고 싶었으나 그럴 수는 없는 일이었다. 모든 기회를 한 번에 놓쳐버리는 멍청한 실수를 할 수는 없지 않은가.

다행히 이희지의 집은 1층이었다. 검은 여자는 주택의 모서리를 끼고 돈 후 창문 하나를 발견했다. 망설이지 않고 방범창 사이로 마스크 낀 얼굴을 들이밀었다. 안 그래도 눈이 불편한

데, 여기에 더러운 유리창의 불투명함을 한 겹 더하니 여간 짜
증 나는 게 아니었다. 모든 게 제대로 보이지가 않았다. 그래도
다행인 건 무언가 집 안에서 움직인다면 대충 분간 정도는 할
수 있다는 점이었다. 검은 여자는 준비를 끝냈다. 원수가 된 이
희지를 감시할 준비를.

현관에 오래도록 쭈그려 앉아 있던 이희지는 잠시 후 거실
쪽으로 기어가기 시작했다. 일인용 소파에 앉지는 않고 그것
에 기댄 채 몸을 살짝씩 흔들었다. 검은 여자는 코가 납작해질
때까지 얼굴을 유리창에 바싹 들이밀었다. 아무래도 말을 하
는 것처럼 이희지의 입이 조금씩 달싹거리는 게 보였다.

"분명해. 분명 지점토 인형을 가지고 있는 거야."

물론 혼잣말하는 것일 수도 있었다. 하지만 검은 여자는 하
루빨리 지점토를 되찾아야 했다. 그의 마음속에서 열망이 들
끓었고, 덕분에 믿고 싶은 대로 생각하는 지경에 이르렀다. 어
쩐지 상황은 검은 여자의 편을 들어주고 싶어 하는 듯했다.

구겨져 앉아 있던 이희지의 발끝에 마법 같은 움직임이 만
들어졌다. 무언가 희뿌연 게 점점 쌓여가기 시작한 것이다. 녹
지 않는 눈이 한자리에만 내려앉듯이. 그리고 한 손으로 들어
올릴 수 있는 크기의 작고 동그란 흰 공이 생겨났다.

"그래, 내 지점토잖아!"

검은 여자는 저도 모르게 소리를 질러버린 입을 두 손으로

간신히 막았다. 하지만 그런 외침이 집 안으로 새어들었는지, 이희지가 단발머리를 흔들며 고개를 창 쪽으로 돌렸다. 검은 여자는 재빠르게 자세를 낮췄다.

"이럴 줄 알았어. 역시 난 항상 정답이야."

지점토 인형은 검은 여자를 사랑했다. 그러니 돌아오라고 하면 순순히 검은 여자에게 엄마라고 부르며 달려들 게 분명했다. 그때 한 번만, 검은 여자는 참아줄 생각이었다. 그러니까 검은 여자가 해야 할 일은 이희지에게 말을 거는 것뿐이었다. 주변을 돌고 있던 지점토 인형은 검은 여자를 바로 알아볼 테고, 다시 예전 같은 관계로 돌아가기까지는 식은 죽 먹기일 테다. 역시, 무엇이든 검은 여자가 원하는 대로 되지 않을 리 없었다.

♥

"돌……멩이."

잠든 이희지의 입에서 새어 나오는 말은 잠꼬대같이 너무 흐릿하고 희미했다.

"돌멩이, 그만 좀 움직여."

이희지의 집 앞에 있던 가로등이 며칠 전부터 깜빡거리더니 아예 나가버렸다. 덕분에 밤마다 더욱 깊고 짙은 어둠이 찾아왔다. 숙면을 취하려면 어둠이 좋다고 하던데, 이희지는 아니었다. 너무 어두우면 무서웠고 약간의 빛이라도 일렁이는 게 좋았다. 그래서 빛이 사라지는 밤중에 잠에서 깨면 절대 눈을 뜨지 않았다.

"시끄럽다니까."

자리에 누워 웅얼거리는 이희지가 손을 뻗었다. 더듬더듬 무언가를 만지려는 듯이 방바닥을 짚었다. 하지만 손에 잡히는 건 아무것도 없었다.

"잠을 못 자겠다고."

도저히 참을 수 없게 된 이희지는 자리에서 벌떡 일어났다. 눈을 깜빡이니 서서히 주변이 보이기 시작했다. 열린 방문으로 싱크대와 주방이 한눈에 보였다. 거기, 무언가 검고 커다란 게 꿈틀거렸다. 사람이 쪼그려 앉은 것 같기도 했고, 그냥 거대한 쓰레기봉투 같기도 했다. 도무지 확신할 수가 없는 생김새였다.

여하튼 무시하고 다시 잠에 들 수 있을 정도로 평이한 광경은 절대 아니었다.

"누구……세요?"

이희지는 이불을 끌어당겼다. 무의식 중에도 인간의 약점인 복부 속 장기를 지키려는 모양새로 최선을 다해 옹송그렸다. 어두운 덩어리처럼 보이던 그것의 머리가 획 돌아갔다. 그러더니 잠시 움직임을 멈추었는데, 아무래도 이희지를 노려보는 것 같았다.

검은 형체는 서서히 일어섰다. 겁주고 싶은 건지 대단히 느리게 제 몸을 늘이고 있었다. 어디까지 솟아나는지는 몰라도 그 정도면 장신이었다. 그것은 이희지 쪽으로 천천히 다가왔다. 사람이라면 발이 장판과 닿아서 소리가 나야 했다. 하지만 주변은 무서울 정도로 고요했다. 결국 검은 물체는 두 발로 문턱을 지그시 밟고는 겁에 질린 이희지를 내려다봤다.

"꿔."

"네?"

이희지의 물음과 함께 틱, 하는 스위치 소리가 나더니 형광등이 켜졌다. 따가운 인공조명에 도저히 눈을 뜰 수가 없었다. 하지만 침입자 앞에서 눈을 감고 있는 건 자살행위와 다름없었다. 이희지는 떠지지 않는 눈에 힘을 주고 어떻게든 앞을 보려 노력했다. 대강 한쪽 눈이 절반 정도 떠져서야 예의 없는 불청객의 얼굴을 볼 수 있었다. 검은 모자, 검은 마스크, 검은 머리와 검은 옷. 검은 여자였다.

"당장 나가세요. 신고할 거예요."

"해보든지. 너 휴대폰도 없잖아."

이희지는 여자가 무엇을 원하는지 알았다. 하지만 순순히 내놓을 생각은 조금도 없었다. 그 또한 원하는 게 있으므로, 이럴 경우 서로 맞바꾸는 게 맞지 않나 하는 생각이었다. 하지만 내가 가진 패를 먼저 보여줄 필요는 없었다.

"무슨 소리를 하는 거예요, 도대체?"

"다 알고 있을 텐데. 희고 이상하게 생긴 거 말이야. 그거 원래 내 꺼거든."

검은 여자는 자세를 낮췄다. 한쪽 손은 계속 겉옷 주머니에 꽂고 있었는데, 솔직히 이희지는 그 안에 뭐가 들었는지 몰라 두려웠다.

"알겠어요. 그 전에 내가 원하는 걸 먼저 줘요."

검은 여자는 고개를 갸우뚱했다. 이희지와 거래를 하는 건 계획에 없는 일이었다. 그냥 집에 들어가기만 하면 당연히 지점토 인형이 먼저 다가올 줄로만 알았던 것이다. 어쩐지 처음부터 생각대로 되지 않더라니.

"내가 왜 그래야 하는데?"

이희지는 눈을 이리저리 굴렸다. 그 모습을 보며 검은 여자는 저 돼먹지 못한 하룻강아지를 절대 가만두지 않겠다고 다짐했다.

"당신이 찾는 그거, 지금 기억이 없거든요. 능력도 없고, 말도 못 하고, 듣지도 못하고. 그런데 내가 엄마인 줄 알더라고. 나만 졸졸 따라다니는 걸 보면."

검은 여자가 이희지를 아무리 뚫어져라 쳐다봐도 거짓말인지 아닌지 알아낼 수가 없었다. 만약 거짓말이라면 검은 여자는 이희지를 죽일 생각이었다. 하지만 초면에 그 모든 정보를 알아내기란 여간 어려운 일이 아니었다.

"그러니까 내가 원하는 걸 들어줘요."

당돌하기 짝이 없는 요구에 검은 여자는 무의식적으로 한쪽 손을 뒤로 뻗었다. 하지만 그곳에는 돌망치가 없었다.

♥

곰 사건은 어마어마한 충격이었다. 결국 곰의 몸은 호떡 조각을 머금고 지점토 인형을 놓아주었지만, 상쾌하지도 않았고 해방감도 느낄 수가 없었다. 그건 잔인한 이별이었다. 지점토 인형은 그렇게 엉엉 울면서 가루가 된 상태로 고도3동의 바닥을 쓸고 다녔다.

원래는 커다랗던 몸이 한 번 부서지고 나니 부분 부분 잃기가 너무 쉬워졌다. 벽에 부딪히니 조금 사라지고, 하수구에 빠지다 보니 일부가 물에 휩쓸려버리는 식이었다. 그러니 몸 없이 가루 상태로 돌아다니는 지점토는 최선을 다해 조심해야 했다. 하지만 곰의 몸과의 작별 이후에는 그런 것을 하나하나 신경 쓸 상태가 아니었다.

몸 일부분이었던 가루가 어디로 가든 말든, 그저 미친 듯이 방황했다. 할 수 있는 게 그것밖에 없었다. 동그랗게 뭉쳐졌다가 다시 흩어지고, 떡 모양으로 엉겨 붙었다가 모래처럼 쏜살같이 헤어지기를 반복했다. 그러던 지점토 인형 눈에 보인 것이 이희지였다.

분명 지점토 인형은 수많은 사람과 산책하던 개들의 발밑을 지나쳤다. 그 어떤 것에 대해서도 관심이 생기지 않았고, 별로 쳐다보고 싶지도 않았다. 하지만 이희지는 좀 달랐다. 검은 여자처럼 무언가 대단한 비밀을 품고 있는 사람의 냄새가 났던 것이다. 그래서 지점토 인형은 이희지에게 찰싹 달라붙었다.

"진짜 왜 이러는 거야? 나한테 토끼 인형이 하나 있었는데 왜 가져다 버린 줄 알아? 귀찮아서. 성가셔서. 제발 따라다니지 좀 말란 말야. 네가 별것도 아닌 돌멩이더라도 주변에 있는 것만으로 짜증이 난다고. 나는 어떤 것도 돌보고 싶지 않아."

하지만 지점토 인형은 그런 푸대접이 오히려 편했다. 쉬지 않고 쏟아내는 이희지의 불평불만에도 지점토 인형은 무섭거나 불안하지 않았다. 어쨌든 이희지는 돌망치를 들지도 않았고, 돌망치를 새로 사려고 하지도 않았으니까. 지점토 인형이 생각하기에 그건 진짜 애정이고 사랑이었다.

그때부터 지점토 인형은 시종일관 이희지 꽁무니만 쫓아다녔다. 자리에 누우면 불을 꺼주고 그 주위에서 굴러다녔다. 밥을 먹을 때면 옆에서 가만히 뭉쳐진 채로 기우뚱거렸고, 편의점에 갈 때면 가루가 된 채 따라나섰다. 물론 이희지가 몇 번 밟아서 가루가 조금 유실된 이후로는 조금 멀찍이서 기어다녔지만.

지점토 인형에게는 검은 여자보다 이희지가 편하게 느껴졌다. 바깥에 나갈 수 있게 되었고 풍경 구경도 할 수 있으니까. 가장 좋은 건 역시 무관심이었다. 곰의 몸을 겪은 이후로 지점토 인형은 다시는 폭력을 겪을 수 없는 몸이 되었다. 피할 수 없었기에 감내해야 했던 총알의 감각은 끔찍했다. 온몸을 속속들이 파고드는 통증에 대해 떠올리기만 해도 구역질이 났다. 먹은 것도 없는데 전부 세워낼 것 같았다.

이희지에게는 지점토 인형 따위보다 편의점이 중요했다. 점점 갈 수 있는 편의점이 멀어지고 있었다. 어디까지 유언비어가 퍼졌는지는 짐작할 수도 없었다. 다행히 지점토 인형은 눈치가 빨랐다. 이희지가 대충 물건 앞에서 서성이다가 훔치지도 못하고 편의점을 빠져나왔을 때, 지점토 인형이 귀신같이 그것을 훔쳐다 주었다.

그렇게 며칠 만에 꽤 괜찮은 관계가 형성됐다. 이희지로서는 지점토 인형의 존재가 도움이 됐다. 돈을 쓰지 않아도 식사거리를 구할 수 있었으며, 심심하지도 않았다. 이희지 또한 당연히 외로움을 느낄 줄 아는 생명체였다.

하지만 그 모든 일상을 제쳐두고 이희지가 언젠가는 해결야 할 문제가 하나 있었다. 그건 이 근방 편의점 사장들과 아르바이트생들이 모두 공유한, 이희지의 교복에 관한 일이었다. 투명해서, 눈에 보이지 않는 족쇄라 해서 그 무게가 느껴지지 않는 건 아니었다. 어쩌면 성가신 흰 돌멩이가 이희지를 구원해줄 수 있지 않을까. 며칠만에 그런 생각도 해보게 되었다. 그들의 관계는 딱 그정도였다.

♥

'사거리 발바닥 목욕탕. 오면 식사는 해결할 수 있게 해줄게. 오기 싫으면 말고.'

찜질방과 목욕탕은 이것저것 빈틈없이 들어찬 상가 건물 지하에 있었다. 검은 여자의 말대로 이희지는 목욕탕 입구에 도착했다. 계단을 내려가기만 하면 되는데 발이 떨어지지 않았다. 머리가 젖은 사람들이 플라스틱 바구니를 들고 나오고, 씻으러 가는 사람들이 아래로 내려가기를 반복해도 이희지는 입구에서 걸리적거리게 서 있을 뿐이었다.

목욕탕에 가본 지 십 년도 더 됐다. 모두가 알몸인 채 물에 몸을 담그고 때를 미는 모습이 오래전에는 너무나 자연스럽게 느껴졌다. 하지만 이제는 불가능한 일이 되었다.

소매를 들어 때가 타서 매끄러워진 재킷 소매를 조용히 내려다봤다. 교복을 벗을 수 있을까. 이희지는 이 거추장스러운 옷을 벗어버리겠다고 몇 번이나 다짐했었다. 하지만 마음먹기 바쁘게 곧바로 포기하게 되었다. 계속해서 입던 옷을 포기하는 건 정말 어려운 일이었다.

서성이던 이희지의 어깨에 누군가 다정하게 손을 올렸다.

"진짜 왔네? 왜, 배고팠니?"

검은 여자는 뾰족한 손톱으로 어깨를 세게 누르더니 다른 손으로는 이희지의 팔뚝을 억세게 잡았다. 그러고는 계단 밑으로 끌어 내렸다. 하지만 이희지는 그 자리에 못 박힌 사람처럼 발을 떼려 하지 않았다.

"왜, 밥 사준다니까? 아래에 가야 밥을 먹지."

이희지는 검은 여자가 왜 자신을 찜질방 같은 곳으로 불렀는지 몰랐다. 혹시 검은 여자가 옷을 벗을 수 없는 이희지의 사정을 알고 있을까 봐 마냥 두렵기만 했다.

"웃기는 애네."

하지만 검은 여자의 의중은 다른 데 있었다. 찜질방은 뜨거웠고 목욕탕은 물기가 가득했다. 그 모든 환경이 가루 상태로 흩어졌다가 버석버석하게 뭉쳐지는 지점토에게는 지옥과 다름없는 환경이었다. 애초에 검은 여자가 지점토 인형을 다시 조립했을 때도 물 조절이 관건이자 생명이었기 때문이다.

전날 밤 이희지의 집으로 너무나 손쉽게 침입한 후, 검은 여자는 싱크대 앞에 쪼그려 앉아 어떻게든 지점토 가루를 뭉치려 했다. 하지만 지점토 인형은 순순히 손안에 들어오려고 하지를 않았다. 그러니 지점토 인형을 다시 손아귀에 넣기 위해서는 이희지의 도움이 필요했다. 그런데 누추한 인간 하룻강아지가 말을 들어먹지 않았다. 그렇다면 방법은 하나뿐이었다. 지점토 인형이 스스로 이희지를 떠나게 할 것.

기껏 마음을 줬더니 돌아오는 건 등 뒤에 꽂히는 칼날이었음을 알게 해줄 생각이었다. 이희지가 자신을 배신했다는 생각에 잔뜩 상처받은 지점토 인형을 검은 여자는 위로해주기만 하면 되는 것 아닌가. 쉽고 간편한 방법이었다. 목욕탕에 이희지를 밀어 넣는다면 지점토 인형 또한 함께 들어가게 될 것이었다. 기억을 잃었다니까 아무것도 모르겠지. 아마 물에 휩쓸려서 제 몸 전부가 사라지고 곧 제 존재도 잃을 수 있다는 걸 알 수조차 없을 것이다. 그때 탕의 물을 빼고 지점토 인형의 몸 일부가 사라지도록 만들면, 성공.

뭐, 찬장 안에 봉지 라면 하나 쟁여두지 못하고 사는 불쌍한 여자아이에게 밥 한 끼를 사주며 구슬려볼 수도 있을 것이다.

"나는 못 들어가요."

"내가 달라는 것도 줄 생각이 없어, 밥을 사준 대도 먹지를 않아. 너 지금 뭐 하는 거니? 장난해?"

검은 여자가 한 칸 내려가 있던 발을 옮겨 이희지에게 가까이 다가갔다. 숨이 닿을 듯 가까워졌다.

"난 널 죽일 수도 있어. 네가 죽어도 아무도 안 찾을 텐데?"

틀린 말은 아니었다. 그래서 이희지는 드디어 솔직해지기로 결심했다. 마지막 발악이었달까. 제가 가진 초라한 패를 모두 까 보이며 동정심을 유발할 작전이었다.

"교복을 벗을 수가 없어요."

"왜?"

이희지는 교복 치마 주머니에서 커터 칼을 꺼냈다. 재킷 단추를 하나하나 풀고는 목을 졸라매던 넥타이도 풀어 헤쳤다. 그러고는 와이셔츠 단추도 풀기 시작했다. 하지만 변하는 게 없었다. 그러니까, 맨살이 드러나지 않았다. 보통 단추가 풀리면 벌어진 사이로 살이 보이는 게 정상 아니겠는가. 하지만 어찌 된 일인지 교복은 꿈쩍도 하지 않았다. 마치 몸 위에 보디 페인팅을 해놓은 것처럼 고집 세게 제자리를 지키고 있었다.

이희지는 한 손으로 와이셔츠를 잡아당겼다. 그리고 옷가지만을 분리해내려는 듯이 커터 칼로 얇게 저미기 시작했다. 하지만 잘리는 건 살뿐이었다. 피가 후두둑 떨어지고 보니 상앗빛으로 변색된 셔츠는 가슴팍의 살덩어리와 붙어 있었다.

"교복을 못 벗는다니까요. 이제 알겠어요? 난 이거 벗으면 죽는다고."

♥

이희지가 교복을 벗고도 살아갈 수 있도록 해주기. 그게 이
희지가 내건 조건이었다. 솔직히 말도 안 되는 이야기였다. 그
리고 교복과 살이 붙어 있다면, 수술을 받든 조금씩 떼어내든
하면 되는 일 아닌가? 검은 여자가 생각하기에 이희지는 의지
박약이었다. 그 정도의 손해도 감수 못 하면서 무슨 변화를 원
하고 새 삶을 원하는 건지.

"하여간 요즘 애들은."

솔직히 전부 말도 안 되는 이야기였다. 하지만 이희지의 망
상으로 인한 허언으로 치부할 수는 없었다. 직접 눈으로 보았
기 때문만은 아니었다. 이 세상에는 검은 여자 같은 특별한 인
간도 존재했다. 게다가 지점토 인형 같은 것들도 살아 움직이
는 마당에 믿지 못할 일 같은 건 없었다.

"짜증 나."

검은 여자는 근처 편의점으로 휘적거리며 들어갔다. 차가운
맥주 네 캔을 꺼내 계산하고는 봉지에 담아 들었다. 예전에는
거들떠보지도 않던 술이었다. 알코올 종류는 아름다움에 도움
을 주지 못하니까.

근처 놀이터로 걸어 들어가 아무 데나 걸터앉았다. 고요한
놀이터, 검은 여자의 얼굴을 볼 사람은 없었다. 순식간에 맥주

두 캔을 들이켰다. 솔직히 이 상태가 그리 나쁘지 않았다. 오히려 자유롭게 느껴지기도 했다. 하지만 사람들의 열망이 담긴 시선과 자부심을 포기할 수는 없었다. 역시 사람은 아름다워야 했다.

이희지가 죽든 말든 그건 검은 여자의 관심사가 아니었다. 이희지의 문제를 해결해주겠노라 약속하기는 했으나 애초에 지킬 생각은 없었다. 검은 여자가 신경 써야 할 건 단 한 가지, 지점토 인형뿐이었으니까.

"기억이 사라졌을 리가 없는데. 그럴 수 없을 텐데."

얼굴의 조화 따위 없던 지점토 인형. 검은 여자는 그것에게 도저히 고마움을 느낄 수가 없었다. 지점토 인형이 추하고 괴기스러워질수록 검은 여자가 아름다워지는 건 자연의 섭리라고 느껴질 뿐이었다. 어차피 그것은 검은 여자의 소유물이 아니었던가. 어떤 인간이 자신의 땀이나 배변을 모아 만든 더러운 부산물 따위를 사랑할 수 있을까. 그러니 아무 죄책감 없이 돌망치를 휘두를 수 있었던 것이다. 평생을 그렇게 살아온 지점토 인형이었다. 어떤 사건에도 쉽사리 충격 받지 못할 게 분명했다.

"아, 맞네. 충격을 받긴 했구나?"

검은 여자는 곰 사건이 분명 지점토 인형과 연관되어 있다고 믿었다. 그리고 곰에 대한 이야기는 사람들에게도 꽤 큰 충격으로 다가왔다. 아직도 관심이 쉽게 사그라들지 않은 걸 보면 분명 그랬다. 지점토 인형의 감정이 곰과 긴밀하게 연결된 상태였다면?

"충분히 말이 돼!"

손에 든 맥주 캔을 찌그러뜨리며 자리에서 벌떡 일어났다. 주변을 어슬렁거리던 고양이들이 놀라서 도망가버리자 검은 여자는 완전히 혼자가 됐다. 놀이터를 독차지해 기쁜 아이처럼 의기양양한 모습이었다.

드디어 정답을 찾았다. 지점토 인형을 되찾을 수 있는 가장 확실한 방법 말이다. 이희지는 지점토 인형이 자신을 엄마로 여긴다는 헛소리를 지껄였다. 그게 사실이든 아니든 상관없었다. 어쨌든 지점토 인형이 이희지와 일상을 함께하고 있는 건 진실이었다. 분명 이희지의 집에서 가루 상태로 기어다니는 지점토 인형의 존재를 확인할 수 있었다.

"걔를 죽이면 되잖아. 그러면 충격 받겠지?"

하지만 검은 여자가 직접 나설 수는 없는 노릇이었다. 다시 얼굴을 되찾고, 추하고 역겨운 지점토 인형을 아무도 볼 수 없는 장소에 봉인해둘 때까지는 그 누구도 검은 여자를 주목하게 해서는 안 됐다. 검은 여자는 결정했다. 이희지가 스스로 죽음을 선택할 수 있게 만들겠다고. 마지막으로 향하는 가장 찬란하고 잔인한 레드카펫을 사방에 깔아둔다면, 어쩔 수 없이 밟아야 할 것이다. 그리고 그 방법은 의외로 쉬울 게 분명했다. 확신에 찬 검은 여자는 남은 맥주를 모두 들이켰다. 이제 이깟 술 따위는 다시는 입에 댈 일도 없다고 생각하면서.

♥

그렇게 다정하게 말하는 사람은 너무 오랜만이었다.

"내가 꼭 도와줄게. 정말 불쌍하구나. 참 힘들었겠어. 걱정하지 마. 내가 방법을 찾아볼게. 우선 집에 가서 지점토 인형이랑 같이 쉬고 있어."

의심은 하지 않았다. 믿고 싶었다. 이희지는 고등학교 삼 년 내내 교복만 입고 다녔다. 변변찮은 사복도 없었지만 그걸 입을 기회는 더더욱 없었다. 학생답게 칙칙한 디자인은 물론 다른 학교와 그다지 다를 것도 없던 디자인. 졸업하면 새로운 삶이 펼쳐질 줄 알았지만 달라지는 건 없었다.

이희지는 교복을 벗을 수 없었으니까.

한 번쯤은 시도해보기도 했다. 평생을 학생으로 살아갈 수는 없는 노릇 아닌가. 하지만 자신의 살을 찢어내고 잘라내는 일은, 사람이 할 짓이 아니었다. 따가움과 쓰라림, 간지러움과 함께 오는 숨 막힐 듯 쥐어짜는 고통 때문에 눈물이 나다 못해 차라리 죽기를 바라게 되었다.

그래서 이희지는 어쩔 수 없이 받아들였다. 교복을 벗을 수 없는 제 운명을. 남들은 다 벗어나고 있는데 홀로 고등학생에 갇혀 늙어가고 낡아가야 한다는 규칙을.

하지만 이제 이희지도 새로 시작할 수 있게 되었다. 새 옷을 살 수 있을 테고, 학생이 아닌 진짜 성인으로 살아가며 돈도 벌 수 있게 될 것이다. 진짜 친구를 사귈 수도 있겠지. 고생 끝에 낙이 온다더니. 이희지는 어쩐지 자신의 인생이 이제야 시작되었다는 기분 좋은 느낌으로 눈을 떴다.

아침 공기를 맞으며 편의점에 가기 위해 고양이 세수를 하고 신발을 신었다. 현관을 열자 겨울의 차고 건조한 바람이 들이닥쳤다. 가볍게 뜀박질하며 대문을 나서자 지점토 인형이 따라오는 듯 뒤에서 달그락거리는 작은 소리가 들렸다.

집 바로 앞 전봇대에는 저녁에 누군가 붙인 듯한 조악한 전단이 펄럭이고 있었다. 저런 종이는 하루에 붙인 매수에 따라 돈을 받는다고 들었다. 그러니 굳이 꼼꼼하게 붙일 필요가 없었을 것이다. 역시 테이프가 위쪽에만 대강 붙어 있어 금방 떨어질 것 같았다.

편의점에 가기 위해 이제 이희지는 조금 더 멀리 가야 했다. 이제 끼니를 해결하는 일은 짧은 여행 없이는 성공할 수 없게 되었다. 이희지는 숨을 고르고 천천히 달릴 준비를 마쳤다. 그런데 골목을 빠져나가는 곳에 서 있던 전신주에도 아까와 똑

같은 전단이 붙어 있었다.

"뭐지?"

이희지는 궁금증을 참지 못하고 가까이 다가갔다. 코팅된 듯 굴곡진 부분에서 빛을 반사하는 종이에 가까이 갈수록 그 안의 사진과 글씨가 선명해졌다.

"교복 입은…… 살인마를 주의하세요?"

이희지의 얼굴이었다. 지난번 편의점 아르바이트생이 얼굴 가까이에 휴대폰 화면을 들이밀었을 때 보았던, 사장들이 공유하고 있다는 조악하고 질 낮은 캡처 화면이 아니었다. 이희지의 이목구비가 뚜렷하게 보이는 선명한 졸업 사진이 인쇄되어 있었다.

'교복 입은 살인마를 주의하세요. 고도3동에 교복을 입고 학생 행세를 하며 길을 묻는 사람이 있습니다. 이름은 이희지.'

이희지의 발이 뒷걸음질 치자 따라오던 지점토 인형의 가루가 주위로 흩어졌다.

"아니야."

다시 앞으로 나아가 종이를 잡아당겨 찢어버렸다. 누군지는 몰라도 선을 넘었다. 이희지는 큰길로 달려나갔다. 기둥마다, 담벼락마다 붙어 있는, 바람이 불 때마다 이희지를 놀리듯이 팔락이는 튼튼한 종이들이 보였다.

'교복 입은 살인마를 주의하세요.'

달려가서 떼어내고, 또다시 떼어버렸다. 종이에 베여 손에 피가 흘러도 아랑곳하지 않았다. 이런 말도 안 되는 종이는 빨리 없애버려야 했다.

'이름은 이희지.'

하지만 이 골목에서도, 저 골목에서도 전단이 나풀거렸다. 숨이 가빠오기 시작했다. 교복을 떼어내려 애쓴 날들의 고통이 짓누르며 이희지를 집어삼키려 들었다.

이희지는 뒤돌아 뛰기 시작했다. 전단 따위는 붙일 수 없는 집으로, 어느 누구도 침범할 수 없는 이희지만의 방으로 숨어야 했다.

♥

아무것도 먹지 않고도 일주일 정도는 살 수 있다. 하지만 물이라도 마시면 한 달 넘게 버틸 수 있었다. 전단지 사건 이후로 이희지가 집 안에서 하는 거라고는 최대한 에너지 소비를 줄이는 것뿐이었다. 수돗물로 목을 축이고 하루 종일 웅크린 채 바닥과 찰싹 달라붙어 있기. 이희지의 일과는 요약하기 너무 간편했다.

방범창에 매달린 깔랑은 집 안을 바라봤다.

"이건 좀 가혹하지 않나?"

이희지는 잘못을 했다. 자기만을 바라보던 귀여운 인형을 아무런 죄책감도 없이 버렸다. 깔랑은 이희지에게 복수하기로 했고, 지점토 인형의 집에서 탈출하고 나서는 바로 이희지의 집을 찾았다. 하지만 막상 다시 보니 복수 같은 걸 해서 뭐 하나 싶었다. 어차피 안 그래도 복잡하며 다사다난한 게 이희지의 하루하루였다. 그래서 깔랑은 제가 하고 싶은 일을 했고, 죽이고 싶은 사람을 죽였으며, 때리고 싶은 사람은 때렸다.

굳이 이희지에게 집착하지 않아도 살 만했고, 재미있었다. 사람들은 마당집 남자를 죽인 진범은 물론 용의자도 찾지 못했다. 그길 보고 깔링은 매일같이 자신의 대단함을 느꼈디. 인간 같은 건 신경 쓰지 않아도 매일이 즐거움으로 충만했다.

하지만 여기저기 붙어 있던 코팅 종이를 보고 깔랑도 놀랐다. 이희지를 좋은 사람이라 할 수는 없었다. 물론 평범한 사람 또한 아니었다. 굳이 따지자면 무책임하고 괴상한 사람이라고나 할까. 하지만 그렇다고 해서 다른 사람을 아무런 죄책감 없이 죽일 인간은 아니었다. 애초에 그런 대범한 사건을 벌일 만큼 간이 크지 않았다. 이희지를 가장 오래 보았던 깔랑이 가장 잘 알고 있었다. 이희지는 살인자가 아니라는 사실을.

하지만 이걸 어디에 가서 어떻게 털어놓아야 한단 말인가? 깔랑은 사람들이 의문을 가지게 할 수는 있어도 문제를 해소할 답을 가져다줄 능력까지는 없었다. 그건 아무나 하는 게 아니었다.

"도대체 누가 이런 짓을 하는 거야? 사람들은 참 이상해. 역시 인형이 더 낫다니까."

깔랑의 모든 털이 순식간에 바짝 솟았다. 그리고 곡예하듯 안전하게 바닥으로 착지하고 뒤돌았다. 역시 깔랑의 감각은 대단했다. 검은 구두가 슬며시 다가오고 있었다. 다행히도 검은 여자가 손을 뻗어서 토끼 인형을 잡을 수는 없는 거리였고, 도망가기에도 딱이었다.

"야, 기다려."

검은 여자가 깔랑에게 요구했다. 대단히 여유로워서 재수 없는 목소리였다. 깔랑은 도망칠까, 서 있을까 잠시 고민했다. 하지만 기다릴 필요가 없었다. 인간의 말을 잘 듣는 인형의 삶은 애초에 포기해버렸다. 깔랑은 들은 체 만 체 하며 당당하게 팔과 다리를 움직여 검은 여자에게서 멀어졌다.

"귀가 한쪽밖에 없어서 안 들리냐? 기다리라고."

깔랑은 검은 여자가 아무리 다가온다고 한들 털끝 하나 건드리지 못할 정도의 거리까지 넓힌 후에야 멈춰 섰다.

"기다린 건데? 내가 원래 발이 좀 빠른 토끼거든. 눈알은 괜찮으신가?"

"지금 마음 같아서는 당장 반으로 찢어버리고 싶은데 참고 있는 거야. 널 용서해줄게. 대신……."

"됐어, 됐어. 그딴 건 필요 없어. 용서 같은 건 인간인 너나 가져."

검은 여자와 멀리 떨어져 있기에 용기가 넘치는 깔랑이었다. 만약 가까웠다면 이런 식으로 기개 넘치는 모습을 보일 수 없을 게 분명했다. 깔랑도 생각이라는 걸 하는 인형이었다.

"그래, 용서 안 할게. 대신 저 집에 들어가서 불 좀 질러라. 너 복수하겠다며."

"직접 하시지 그래?"

"인간들에게는 감히 너 같은 인형 쪼가리가 이해할 수 없는 복잡한 사정이 있는 거야. 잠자코 말 들어."

"어쩌라고. 인간의 일은 인간이 알아서 해."

깔랑은 그렇게 쏘아붙이고는 귀 한쪽을 펄럭거리며 도망가 버렸다. 검은 여자는 바닥에 놓여 있던 주먹만 한 돌을 집어 들어 깔랑 쪽으로 던졌다. 아쉽게도 빗맞았고, 깔랑은 잠깐 뒤돌아서 키득거린 후 다시 줄행랑을 쳤다.

"왜 아직도 소식이 없는 거야? 이때쯤이면 죽었어야 하는데."

검은 여자는 깔랑이 붙잡고 있던 방범창에 얼굴을 들이밀었다. 그때 먼지가 말라붙어 뿌연 유리창이 열리더니, 검은 여자의 얼굴에 칼날이 날아들었다. 그것은 순식간에 모자와 마스크를 찢고 얼굴을 감싼 피부도 갈라버렸다. 비가 내리는 것처럼 후두둑, 붉은 피가 바닥으로 쏟아졌다. 검은 여자는 어안이 벙벙해 잠시 모든 생각과 행동을 멈출 수밖에 없었다.

❤

최근 이희지가 만났던 유일한 사람, 가장 가까운 시일 내에 이야기를 나누었던 사람은 검은 여자뿐이었다. 그러니 의심할 수 있는 사람 또한 검은 여자뿐이었다.

처음에는 왜 이렇게 자신을 못살게 구는지 이해가 되지 않았다. 안 그래도 세상으로부터 미움받던 이희지가 아닌가. 하지만 시간이 지날수록 그 이유를 알고 싶지 않아졌다. 대신, 받았다면 그대로 돌려주기로 마음먹었다.

검은 여자가 이희지의 집 창문에 얼굴을 대고 안을 들여다봤을 때, 이희지는 기척을 느꼈다. 바보가 아닌 이상 모를 수가 없는 구조였다. 그리 큰 집도 아니고, 게다가 창이 수십 개가 있는 것도 아닌데 그걸 가린다고 모르는 둔한 인간이 어디 있단 말인가. 좋은 의미에서 접근한 게 아니라는 것도 알고 있었다. 하지만 희망을 걸어보고 싶기도 했다. 의도가 어찌 되었든 간에 결말만 괜찮으면 된 것이라고, 그렇게 믿었다.

하지만 이제껏 그래왔듯이 이희지의 인생에는 순탄함이라는 단어가 존재하지 않았다. 이희지의 삶이라는 사전을 아무리 뒤져봐도 행복, 만족감 따위의 것들은 찾을 수가 없었다. 대신, 복수는 있었다. 대단한 건 아니라도 검은 여자가 창문으로 들이민 얼굴 정도는 망가뜨려줄 수 있을 거라는 자신감이 생겼다.

기다리고 기다렸다. 날카롭지도 무디지도 않은 과도가 잘 드는지 확인하기 위해 칼끝으로 방바닥을 긁어가며 마음을 다잡았다. 검은 여자를 위한 선물이 제대로 준비되었는지에만 몰두했다. 밖에 나가지도 않았다. 웅크려 있는 것 외에는 아무런 행동도 취하지 않았다.

그리고 기다렸던 검은 여자가 등장했을 때, 유리창을 열고 과도로 앞에 있는 살덩어리를 갈라버렸다. 한 치의 망설임도, 약간의 미련도 찾아볼 수 없는 시원한 움직임이었다.

"미쳤구나? 네가 진짜로 죽고 싶구나?"

검은 여자는 순간 창살 너머에 자신이 서 있다는 착각에 멈칫했다. 이희지의 밍밍한 얼굴 위에 과거 자신의 모습이 겹쳐 보였던 것이다. 모든 결핍을 다른 존재에게 떠넘기기 전 검은 여자의 얼굴. 다른 사람들이 예쁘다거나 아름답다고 아무리 말해도 이상하게 검은 여자가 거울을 볼 때면 과거의 얼굴만 보였다. 지점토 인형을 아무리 괴롭히고 못생기게 만들어도 달라질 줄을 몰랐다. 그래서 거울을 피했다. 싱크대에 얼굴을 비출 수 있는 모든 매끈한 것들을 떼버렸다. 진짜 얼굴, 그건 검은 여자가 제일 보고 싶지 않은 것이었으니까.

얼굴을 비추어 볼 수 없으니 어디가 어떻게 망가진 건지 또한 짐작으로만 알 뿐이었다.

"죽여버릴 거야. 넌 내가 가만 안 둬."

어차피 얼굴이야 지점토 인형만 있으면 해결할 수 있는 문제였다. 검은 여자는 주머니에 모아두었던 라이터를 꺼냈다. 코트를 벗어서 바닥에 떨구고는 그 위에 라이터를 집어 던지고 발로 밟았다. 안에 있던 액체 상태의 부탄이 흘러나오면서 여기저기 검은 코트의 색깔을 더욱 진하게 했다.

불을 지를 생각이었다. 지점토 인형은 불을 견딜 수 없다. 구워진 지점토 가루 따위는 무슨 짓을 해도 뭉쳐질 수 없으니까. 덤으로 이희지가 불에 타 죽어가는 모습이 검은 여자의 머릿속에 생생하게 그려졌다. 날름거리는 아름답고 화려한 불꽃이 이희지의 목을 조르고 머리칼을 태우며 맛있게 집어삼킬 것이었다.

검은 여자가 소리 내 웃었다. 차라리 잘됐다. 멍청한 여자애를 죽이고 지점토를 되찾으면 더 이상 걱정할 게 없어지는 것이었다. 그 이후로 경찰에 잡혀간다면 오히려 좋은 일이었다. 모두가 자신을 주목해줄 테니까. 검은 여자가 애써 되찾은 아름다움을 모두 경외할 게 분명했다.

준비는 모두 끝났다. 이희지는 제 할 일을 모두 완수한 후 집

구석에 대강 쪼그려 앉아 있었다. 그런 이희지의 앞으로 둘둘 뭉쳐진 코트가 날아왔다. 이미 집 중심부에는 불이 붙어 따끈함을 내뿜고 있었다. 이희지는 마법에 걸린 듯한 표정으로 새어 나오는 불길의 혀끝을 바라봤다. 불 속에도 다양한 색이 존재했다. 빨간색만 가지고 있는 게 아니라니, 참으로 대단했다.

♥

천장과 벽은 모두 니스가 칠해져 나무가 반들거렸다. 주위가 모두 빨갛게 타오르는 불의 믹잇감 천지였다. 처음에는 코트에서 시작했던 불이 집 안의 모든 것들을 하나하나씩 삼켜 나갔다.

이곳저곳 삐걱거리기 시작했다. 이희지는 여전히 웅크린 채로 손만 휘적거렸다. 그렇게 하면 불이 다가오지 않으리라 생각하는 모양이었다. 천장이 우두둑거리는 소리를 내면서 곧 무너지겠다고 경고했지만, 어쩐지 이희지의 귀에는 닿지 않는 듯했다. 거실에 덩그러니 있던 일인용 소파는 더 이상 견디지 못하고 무릎을 굽히며 앞으로 고꾸라졌다. 갈가리 찢겨 공기 중에 나부끼는 재 가루 사이에, 아무런 표정 없는 이희지의 얼굴이 불의 색깔로 얼룩덜룩해졌다.

이희지는 궁금했다. 살을 찢어내면서 교복을 벗었다면 이토록 처참한 결말을 피할 수 있었을까. 다른 이들도 이런 식으로 고통스럽게 옷을 벗어야 했는지도 알고 싶어졌다. 혹시 그게 아니라면 왜 저에게만 이런 비극이 닥쳤는지에 대한 답을 듣고 싶었다.

우당탕거리는 소리와 함께 현관이 열렸다. 바깥에서 들어온 신선한 공기에 불꽃은 순간적으로 몸을 부풀렸다. 집을 잠식한 뜨거운 파도를 헤치고 이희지 앞에 깔랑이 나타났다. 어디에서 주워 왔는지 플라스틱 식판으로 머리와 귀를 가리고 있는 채였다.

"이희지! 내 말 들려?"

이희지의 눈은 여전히 그저 멍했다.

"나가야 해. 지금 당장! 고도3동의 거의 모든 집은 지어진 지 삼십 년도 넘었다고 다른 인형들이 그랬단 말이야. 더는 못 버틸 거야."

"깔랑."

이희지의 입이 달싹거리며 힘없이 한마디를 뱉었다. 그간 제대로 먹지 못했으니 말할 힘이 남아 있을 리 없었다.

"내가 여기에서 나가면 너한테 빚을 지는 거야."

"도대체 무슨 소리를 하는 거야? 빨리 나가자고. 너 바보야?"

싱크대 문짝의 나무가 쩍쩍 갈라지며 타들어갔다. 이희지의 방문 경첩이 녹아버리고 작아지면서 우지끈 소리와 함께 이희지의 키보다 큰 문이 넘어졌다. 그 어떤 소란에도 이희지는 꿈쩍도 하지 않았다.

"정신 차려, 이희지!"

깔랑은 이희지의 무릎과 가슴을 순서대로 밟아가며 어깨 위로 등반한 후, 식판으로 머리를 내려쳤다. 깡, 소리가 났지만 여전히 이희지는 깔랑을 무시했다. 토끼 인형은 인간을 업을 수가 없었다. 그러니까 이희지가 스스로 움직이게 만들어야 했다.

"어쩌다 이렇게 된 거야? 겨우 이렇게 살려고 나를 버렸어? 그런 거야? 제발 정신 좀 차려."

하지만 깔랑이 몰랐던 게 하나 있었다. 이희지는 원래 그런 사람이었다. 이 지구 위의 모든 사람이 제 할 일을 모두 잘해내며 살아가는 건 아니었다. 달리다 보면 낙오될 수도 있고, 그러다가 제 인생을 스스로 포기해버리는 사람도 있었다. 깔랑은 그걸 몰랐다.

그리고 깔랑에게는 이희지가 전부였다. 그러니 그의 치부도 별것 아닌 것처럼 느껴졌다. 처음 만난 인간도, 가장 먼저 마음을 준 것도 이희지뿐이었다. 이희지에 관해서 깔랑은 절대 이성적으로 판단하거나 냉정해질 수 없었다.

깔랑은 불에 타기 좋은 봉제 인형이었다. 더는 무리였다.

"미쳤어, 이희지."

깔랑은 식판을 이희지의 머리에 얹어주었다. 혹시라도 불씨가 튀었을 때 머리카락이 타들어가서 피부가 상할까 봐, 그렇게 해서 화상을 입게 될까 봐 걱정되었기 때문이다. 물론 이희지가 죽게 된다면 이 모든 게 소용없어지겠지만. 깔랑은 작은 몸으로 장판을 여기저기 사뿐히 밟아가며 집을 빠져나갔다. 뜨거운 불길은 기다렸다는 듯 이희지의 소매를 건드렸다. 그래도 아무런 반응이 없자 확신을 가진 듯 이희지를 집어삼켰다.

이제 이희지는 교복을 벗을 수 있게 됐다. 그 과정이 어찌 되었든 간에 검은 여자는 약속을 지켰다.

♥

불에 익으면 끝장이다. 지점토 인형은 코트에 밴 기름 냄새를 맡자마자 집 밖으로 빠져나왔다. 그런 지점토 인형 앞에 기다렸다는 듯 검정 구두 앞코 두 개가 나타났다. 하마터면 부딪힐 뻔했지만 어디까지나 가루 형태였으므로 다행히 방향을 제때 튼 탓에 약간의 알갱이들만 잃었을 뿐이다.

"이리 온."

정신 차리고 보니 검은 여자였다. 피하고 싶었고 다시 만나고 싶지 않았던 존재와의 조우. 지점토 인형은 이리로 갔다 저리로 가며 보도블록 위를 열심히 기어다녔다. 그런 움직임에 따라서 검은 구두 굽이 바닥을 부술 듯 쾅쾅 내려앉았다. 하지만 상대는 가루였다. 잡을 수가 없으니 이 싸움은 검은 여자가 질 수밖에 없었다.

하지만 꼭 얻어야 하는 존재가 오기를 기다리면서 기회를 틈탔던 건 지점토 인형이 아닌 검은 여자였다. 기다렸다는 듯 가지고 있던 물병 뚜껑을 열고 약간의 물을 바닥에 부었다. 지점토 인형의 일부분이 어쩔 수 없이 한곳에 붙들리고 말았다.

지긋지긋한 숨바꼭질을 제발 끝내고 싶어졌다. 그건 검은 여자노, 시점토 인형도 마찬가지었다. 허지만 검은 어자는 지점토 인형을 제 수중에 두고 싶어 했고, 지점토 인형은 검은 여자에게서 벗어나고 싶었다. 이토록 정반대를 향하는 소원을 품기도 어려운 일이었다.

그렇기에 둘 중 하나는 패배하고 희생해야 했다. 지점토 인형은 다시 그런 식으로 살아갈 바에 죽음이 낫겠다고 믿었다. 그래서 순식간에 검은 여자의 구두를 휩싸고 그 위로 올라갔다. 다리, 허벅지, 배 그리고 가슴께까지 올라간 지점토 인형은 멈추지 않았다. 마스크의 찢어진 부위를 파고들어 벌어진 입속으로 쳐들어갔다. 검은 여자가 지점토 인형을 간절히 원한다면 가질 수 있게 해줄 생각이었다. 얼마나 남았는지 예측할 수 없이 너무나 오랜 시간 계속해서 괴롭힘당하고, 깨지고, 다시 붙여지는 것보다 그쪽이 나았다.

그렇게 지점토 가루가 사라졌다.

"어디 갔어? 내가 너를 먹은 거야?"

검은 여자는 불 때문에 모여든 사람들을 향해 윽박지르기 시작했다.

"내 얼굴이 지금 어때? 어떻냐고!"

사람들이 웅성거렸다.

"아이고, 이마가 찢어졌네."

"아냐. 코가 찢어진 거지."

"꿰매야겠는데. 저런 건 성형외과가 잘해."

검은 여자는 그딴 게 궁금한 게 아니었다. 다른 사람들의 말은 절대 도움이 될 수 없었다. 검은 여자가 직접 확인해야 했다. 입안에 흰 가루가 남아 있다면 그걸로 끝이었다. 마침 가로등에 볼록한 거울이 붙어 있어 얼굴을 들이밀었다. 너무나 오랜만이었다. 검은 여자가 직접 거울을 들여다보는 것 말이다.

"안 돼. 아니야. 이럴 수는 없어!"

그리도 혐오하고 경멸했던 얼굴이 거울 속에서 울부짖고 있었다. 지점토 인형에 밀어두었던 모든 추함이 검은 여자에게 돌아와 있었다. 그대로 주저앉아 목구멍에 손가락을 찔러 넣었다. 하지만 묻어 나오는 거라고는 끈적한 타액뿐이었다. 손을 목구멍 깊숙이 집어넣었다. 할 수 있다면 아예 장기도 꺼내

버리고 싶었다.

보다 못한 사람들이 다가와 여자의 손을 잡고 말렸다.

"내버려둬! 너희가 뭘 알아? 못생긴 것들이 뭘 아느냔 말이야."

검은 여자는 사람들을 헤치고 비틀거리며 앞으로 나아갔다. 세상이 거울 천지였다. 주차된 차의 유리, 건물의 유리창, 사람들의 검고 매끈한 눈동자까지. 모두 검은 여자를 비추며 놀리고 있었다. 모든 모습이 하나같이 끔찍하고 역겨웠다.

골목 끝의 전봇대에는 아직도 이희지를 살인자로 몰아가던 전단이 아슬하게 붙어 있었다. 그리고 그 아래, 깨진 거울이 인련번호를 소중히 품고 비스듬히 서 있었다.

'죽어. 그렇게 살아서 뭐 해?'

발로 거울을 걷어찼다.

'그래봤자 달라지는 건 없어.'

하지만 거울은 그 경망스러운 입을 다물 줄을 몰랐다. 검은 여자는 주저앉았다. 바닥에는 거울에서 떨어져 나온 깨진 조각들이 낭자했다. 검은 여자는 가장 뾰족해 보이는 조각 하나를 집어 들어 목을 그었다. 최선을 다한 덕분에 새빨갛고 싱싱한 피가 터져 나왔다. 그리고 숨이 완전히 끊어지기 전에 날카로운 부분으로 얼굴을 그었다. 그 누구도 검은 여자를 알아보지 못하게. 아름답지 않은 얼굴을 절대 볼 수 없게.

♥

    화재가 났든, 사람이 죽었든, 무슨 일이 있어도 뼈다귀의 순찰은 매일매일 수행되고 있었다. 혹시라도 낙엽 괴물처럼 나쁜 것이 나타난다면, 그때는 지난번에 했던 자신의 실수 따위 용납하지 않을 생각이었다.

    고도3동을 인간 손바닥보다 작은 몸으로 모두 누비기 위해서는 단 한순간의 딴짓도 허용되지 않았다. 바퀴라도 달린 것처럼 사람들의 다리 사이를 재빠르게 누비며 길을 나아갔다. 사람이 죽었다는 자리에는 아직도 핏자국이 스며 있어서 그 부분만 아스팔트 색깔이 유난히 진했다.

    "저게 뭐지?"

    그때 흰 색깔의 아주 작은 것이 뼈다귀의 눈에 띄었다. 분명 검은 길 위에 희고 동그란 게 있었다.

    "혹시…… 나와 같은 뼈다귀라면!"

    그로테처럼 똑똑하고 배려심 넘치는 뼈다귀 친구! 그런 동료가 생긴다며 마을 정찰도 조금은 더 수월해질 수 있었다. 가까이 다가가니 동그란 구슬 같은 게 기우뚱거리고 있었다. 기묘한 모양새였다.

    "뭐지."

    두 손으로 돌덩어리 같은 것을 소중하게 주워 들었다. 뼈다귀의 앞발뼈를 통해서 그것의 심장박동이 전해졌다. 분명 살아 있었다! 미약해서 알아차리지 못할 수도 있겠지만, 뼈다귀는 대단히 섬세했다. 고개를 조금 더 가까이 가져다 대어 세심히 들여다보고는 하나하나 따져보았다. 색깔은 희지만 어딘가 얼룩덜룩한 느낌이 들었다. 동그랗다기보다는 조금 울퉁불퉁했다. 하지만 색깔과 모양이 다르다고 해서 친구가 되지 못할 이유는 없었다.

동그란 뼈. 뼈다귀는 그것을 소중하게 지니고서는 떡집을 향해 걸어갔다. 이족 보행을 하느라 평소보다 느렸지만, 방금 발견한 여린 생명체를 지켜내는 게 더 중요했다. 이토록 삭은 건 괴물들의 표적이 되기 쉽다. 그러니 할 수 있는 만큼 몸을 불려주는 게 최고였다. 조금 끈적하고 말랑하긴 하겠지만 모양을 만들고 몸을 부풀리기에는 떡만큼 괜찮은 것이 없었다. 마침 떡집 주인이 인절미를 만들기 위한 반죽을 콩고물 위에 쏟아내고 있었다.

"따듯하면 더 좋지!"

뼈다귀는 떡집 안쪽, 사람의 발이 닿지 않는 싱크대 아래쪽에 흰 구슬을 잠시 내려두었다. 그러고는 최대한 빠른 속도로 인간이 서 있는 위치에서 조금 떨어진 곳으로 갔다. 그다음에 조리 기구 하나를 밀어서 떨어뜨렸다.

"저게 왜 저러지?"

떨어진 물건을 줍기 위해 자리를 비운 인간의 눈을 피해 뼈다귀는 테이블로 기어 올라갔다. 그러고는 할 수 있는 만큼 많은 양의 떡 반죽을 떼어 비어 있는 갈비뼈 안에 욱여넣었다. 그다음에 인간이 뒤를 돌아봄과 동시에 빠르게 내려와 다시 구슬을 양손으로 떠받들었다.

"와, 걸릴 뻔했다. 너도 봤지?"

뼈다귀의 발걸음이 다시 느려졌다. 작품을 만들려면 혼자만의 조용한 공간이 필요했는데, 그러려면 놀이터만큼 적당한 곳이 없었다. 종종걸음으로 무릎뼈가 틀어지도록 최선을 다하니 아침이라 더더욱 한산한 놀이터에 도착할 수 있었다.

지난밤에 잔뜩 내린 눈은 여기저기 소복하게 쌓여서 이불처럼 세상을 덮고 있었다. 뼈다귀는 벤치 위로 껑충 뛰어오른 후, 발바닥으로 흰 것들을 슥슥 밀어내고 공간을 만들었다.

동그란 뼈에 조금씩, 조금씩 인절미 반죽을 붙이기 시작했다. 떼어 올 수 있는 양이 많지는 않았지만 그래도 아주 작은 쥐를 만들기에는 충분했다. 둥그런 귀 두 개를 만들어 붙여주고, 멋지지만 힘없는 다리도 붙여주었다. 쥐에게 없어서는 안 될 기다란 앞니도 만들어주었다. 그러자 세상에서 가장 불안하게 걷는 흰 뼈다귀가 탄생했다. 사실 쥐나 뼈다귀라기보다는 연약한 팔과 다리가 쓸데없이 흔들리고 있는, 걸어 다니는 눈사람 같아 보였다.

"내 손재주는 역시 죽지 않았어."

이제 스스로 돌아다닐 수 있을 만큼의 몸을 갖게 된 지점토 인형이 여기저기를 둘러봤다. 기억은 잊히지 않고 여전했다.

"나랑 내 친구 보러 갈래? 흰털이라고, 고양이야. 얼마 전에 좋은 사람들이 입양해 갔거든."

뼈다귀는 지켜줄 수 있는 존재가 나타났다는 사실에 잔뜩 들떴다.

"그런데 넌 이름이 뭐야."

지점토 인형은 잠시 고민했다. 지점토가 아닌 이름은 생각해본 적이 없었다. 지점토 인형은 숙었다. 그날, 섬은 여자가 죽던 날 함께 사라졌다. 지점토 인형의 존재를 아는 사람은 단한 명도 남아 있지 않았다. 불러줄 사람도 없는 이름을 계속해서 간직해야 할 이유는 없었다.

물론 그 무엇보다 검은 여자가 지어주고 채워주었던 제 운명과 과거를 담은 이름을 버리고 싶었다.

"동그라미."

"그래, 동그라미."

동그라미가 끈적한 발을 힘겹게 떼고는 눈이 깔린 놀이터 바닥으로 뛰어내렸다. 조금 걷다 보니 발바닥에 모래가 묻었고, 더욱 걷기 쉬워졌다.

놀이터를 나서는 뼈다귀. 그리고 그 옆에 있는 건 뼈다귀의 반도 안 되는 크기를 가진 떡 덩어리였다. 그들은 겨울치고는 쨍한 햇살을 온몸으로 맞으며 놀이터를 떠났다.

추운 겨울도 물러날 때가 되었는지, 유난히 햇살이 포근해지고 있었다.

작가의 말

"정말 인형같이 생겼다."

사람에게 이런 말을 한다면, 그건 이목구비가 조화롭고 외견이 아름답다는 뜻입니다. 인형의 외모는 우리에게 이상적인 것으로 인식되어 있으니까요. 물론 외모 평가는 자제해야 하지만, 이 말이 칭찬이라는 것엔 대부분 동의할 겁니다.

"정말 사람같이 생겼다."

그렇다면 인형에게 이런 말을 하는 건 칭찬일까요? 욕은 아닌 것 같지만, 그렇다고 좋은 말이라고 하기도 뭣합니다. 솔직히 말해서 무슨 뉘앙스인지 전혀 모르겠습니다. 내가 정성스레 만든 인형을 친구에게 선물했는데 이런 말을 한다면 어떻게 반응해야 할까요. 저라면 바로 반문하겠습니다.

"무슨 말을 하는 거야? 이건 고구마야. 사람을 닮을 수 없다고."

사람을 닮은 고구마. 왠지 모르게 소름 돋고 끔찍하게 생겼으리라는 확신이 듭니다. 당장이라도 땅을 파고 나와 주장할 것 같습니다. 내가 저 아래에 묻힌 황금을 보았노라고! 그러니 나와 같이 땅속으로 들어가자면서 제 바짓가랑이를 붙잡을 게 분명합니다. 그렇게 고구마를 키우던 기에천 씨는 실종되었다는 결말만 남겠지요.

그런데 생각하다 보니 인형에게 부여되는 잣대가 정말 복잡하게 느껴집니다. 인간의 표정을 떠올릴 수 있도록 형상화하되 인간과 닮아서는 안 될 것. 그러면서도 귀엽고 사랑스러울 것. 가끔 스트레스 풀이용으로 물어뜯거나 복싱 상대가 되어도 군소리하지 않을 것. 참 쉽지 않아 보입니다. 사실 이런 쓸데없는 발상에서 소설이 탄생했습니다.

저는 보통 쓸모 있는 생각보다는 실현 가능성이 없는 생각을 하느라 시간을 보냅니다. 그런데 소설을 완성해가면서 심각한 위경련을 겪었고 잦은 위장 통증을 느꼈습니다. 적어도 궤양이리라 예상하고 내시경검사를 받았지만, 제 위는 정말 깨끗했습니다. 그때 번뜩 생각이 났습니다. 처키가 유행하던 시절에 아무 잘못 없이 버려져야 했던 제 인형을요. 눈을 깜빡인다는 이유 하나만으로 갑작스럽게 내쳐져야 했던 슬픈 표정의 그 친구를요.

'아, 이것이 복수구나.'

몇 번이나 다른 소설을 써보려고 했지만, 그때마다 번번이 이 소설에 다시 붙잡혀야 했습니다. 저는 그렇게 인형의 저주에 걸린 채 이야기를 완성했습니다.

참회의 마음으로 쓴 소설이 드디어 세상에 나옵니다. 가족과 친구, 아껴주신 선생님과 가능성을 봐주신 네오픽션상 심사위원분들. 그리고 애써주신 자음과모음 편집부 식구들까지. 소설 한 권이 나오기까지 이토록 많은 사람의 노고가 들어간다는 사실을 처음 알게 되었습니다. 그리고 언제나 나의 하루를 보름달처럼 환하게 비춰주는 고양이 보름이까지도. 여러분의 응원은 제 창작 세계의 대들보가 되어 그 안에서 마음껏 씨앗을 심고 꽃피울 수 있게 해주었습니다. 염치없지만 앞으로 조금만 더 응원해주기를 바라겠습니다.

저는 대단히 진중하고 진지한 글은 잘 쓰지 못합니다. 어쩐지 가벼운데 다시 생각해보면 마냥 가뿐하지는 않은 글이 주종목입니다. 앞으로도 계속 마음 어딘가에 남는, 개운치 않은 글을 쓰도록 하겠습니다. 이번 소설을 계기로 저와 처음 만나게 된 독자분들에게도 부탁드리고 싶습니다. 저의 행보를, 저의 창작을 기대해주세요. 아마 실망하실 일은 없을 겁니다.

마지막으로, 이토록 차가운 도시에서 자신만의 자유를 찾아

나설 나의 깔랑, 그로테, 뼈다귀, 흰털, 곰 그리고 동그라미가
된 지점토. 너희의 내일을 응원할게!

2024년,

덥다가도 시원한 바람이 부는 변덕스러운 봄날

이 세상 모든 귀여운 것들이 자유롭게 살아가는 세상을 꿈꾸며

기에천

귀여운 것들

© 기에천, 2024

초판 1쇄 인쇄일 2024년 5월 14일
초판 1쇄 발행일 2024년 6월 4일

지은이   기에천
펴낸이   정은영
편집   박진혜 정사라
디자인   박정은
마케팅   최금순 이언영 연병선 윤선애 최문실
제작   홍동근

펴낸곳   네오북스
출판등록   2013년 4월 19일 제2013-000123호
주소   04047 서울시 마포구 양화로6길 49
전화   편집부 (02)324-2347, 경영지원부 (02)325-6047
팩스   편집부 (02)324-2348, 경영지원부 (02)2648-1311
이메일   neofiction@jamobook.com

ISBN 979-11-5740-414-8 (03810)